Alistuva opiskelijanainen ja muita tarinoita

Erika Sanders
Sarja
Dominointi ja eroottinen alistuminen

Kansikuva: @ Engin Akyurt - Pixabay, 2023

Ensimmäinen painos: 2023

Synopsis

Tämä kirja koostuu seuraavista tarinoista:

Alistuva Opiskelijanainen
Erittäin ymmärtäväinen lääkäri
Toimistossa

Alistuva Opiskelijanainen on romaani, jossa on vahva eroottinen BDSM-sisältö, ja puolestaan uusi romaani, joka kuuluu Erotic Domination and Submission -kokoelmaan, sarja romaaneja, joissa on korkea romanttinen ja eroottinen BDSM-sisältö.

(Kaikki hahmot ovat vähintään 18-vuotiaita)

Huomautus kirjoittajasta:

Erika Sanders on yli kahdellekymmenelle kielelle käännetty kansainvälinen kirjailija, joka allekirjoittaa eroottisimmat kirjoituksensa, kaukana tavallisesta proosastaan, tyttönimellään.

Indeksi:

ALISTUVA OPISKELIJANAINEN JA MUITA TARJOITA
ERIKA SANDERS

ALISTUVA OPISKELIJANAINEN

ENSIMMÄINEN OSA
SUOSITUSKIRJE

LUKU I

Cynthia istui professorin toimiston ulkopuolella.

Loppukokeet lähestyivät, mikä tarkoitti, että professorilla oli kiire tapaamaan opiskelijoita.

Hän odotti ainakin kaksikymmentä minuuttia, kun opettajan ovi pysyi kiinni.

Olin hieman hermostunut odottaessani tätä opettajaa, joka oli tyypillisesti ankara.

Kun ovi avautui, hän näki opettajan puhuvan toisen oppilaan kanssa, joka valmistautui lähtemään.

Cynthia nousi seisomaan toisen opiskelijan lähtiessä, ja professori käänsi huomionsa häneen.

Hän oli pitkä, hyvin pukeutunut mies, naimisissa ja noin viisikymmentä vuotta vanha.

"Cynthia, on mukava nähdä sinut", hän sanoi. "Onko sinulla treffit?"

"Ei. Olen pahoillani, professori. Tämä on viime hetken juttu."

"Olen varma, että tiedät tapaamiskäytäntöni. Toivon, että tapaaminen sovitaan ensin, muuten oveni ulkopuolella olisi aina pitkä jono."

Hän veti syvään henkeä yrittäen kerätä luottamusta.

"Ymmärrän sen. Mutta täällä ei ole ketään juuri nyt. Olen varma, että voit tehdä poikkeuksen minulle."

"Hyvä. Vain siksi, että olet ahkera opiskelija. Tule sisään."

Hän osoitti outoa hymyä ja viittasi häntä tulemaan toimistoonsa ja sulki sitten oven.

Professori istui pöytänsä takana ja Cynthia hänen edessään.

"Kuinka voin olla avuksi?" Hän kysyi ja istui mukavasti istuimellaan.

"No, olen ajatellut paljon viime aikoina ja päätin hakea ensi vuodeksi oikeustieteelliseen tiedekuntaan. Olen jo käynyt sisäänpääsykurssin ja onnistunut saamaan korkeat pisteet. Keskiarvoni on myös B+:n yläpuolella."

Hän nyökkäsi.

"Mielenkiintoinen valinta. Uskon, että pärjäät erittäin hyvin lakikoulussa. Se ei ole helppoa, mutta sinulla on varmasti persoonallisuus ja aivot siihen."

"Kiitos", hän hymyili.

"Luulen, että haluatte minulta suosituskirjeen?"

"Siksi olen täällä. Olet ensimmäinen opettaja, jolta olen koskaan pyytänyt, ja toivon todella, että teet sen puolestani."

"Joten, olen ensimmäinen valintasi? Miksi? Olen utelias."

Cynthia tunsi olonsa hieman pelokkaalta.

"No, hänellä on hyvä maine tässä yliopistossa. Hän on myös laitoksen puheenjohtaja, mikä mielestäni näyttää hyvältä hakemuksessani."

"Minulla on myös yhteyksiä korkeimpiin lakikouluihin. Tiesitkö sen?"

Hän nyökkäsi arasti.

"Tiesin sen. Tarkoitan, kuulin sen muilta opiskelijoilta. Mutta en ollut varma, oliko se totta vai ei."

"Minulla on läheisiä ystäviä, jotka ovat parhaiden lakikoulujen valintalautakunnassa. Siksi suosituskirjeeni ovat erittäin hyödyllisiä."

"Haluaisitko kirjoittaa minulle kirjeen?" hän kysyi aralla sävyllä.

"En voi", hän vastasi suoraan. "Valitettavasti olet liian myöhässä."

"Miksi? Oikeustieteen korkeakouluhakemusten määräaika on ensi vuoden alussa."

"Totta. Mutta kirjoitan vain kaksi suosituskirjettä kunkin lukukauden lopussa. Se on henkilökohtainen käytäntöni. Muuten minun pitäisi kirjoittaa kirjeitä kaikille. Silloin suositukseni olisivat hyödyttömiä, koska kuka tahansa opiskelijani voisi Onko se sinusta järkevää, Cynthia?

"Onko se."

"Jos olisit tullut aikaisemmin, olisin tehnyt sen puolestasi. Olet yksi pätevimmistä opiskelijoista, joita minulla on ollut viime vuosina. Ja se merkitsee paljon, koska tämä yliopisto on täynnä lahjakkaita opiskelijoita." "

"Jos luulet, että olen yksi parhaista opiskelijoistasi, miksi et voi tehdä minulle poikkeusta?" hän pyysi.

"Sanoin sinulle. Sääntöni on kaksi suositusta lukukaudessa. Noudatan aina sääntöjäni. Kaikkien opetusvuosieni aikana en ole koskaan tehnyt poikkeusta. Ei koskaan."

Hän piti hetken päätään alhaalla ennen kuin palasi malttinsa.

"Ymmärrän", hän vastasi valmistautuessaan lähtemään. "Kiitos ajastasi, professori."

"Odota", hän sanoi pysäyttäen hänet. "Tiedätkö, että jään eläkkeelle tänä vuonna, eikö niin?"

"Kyllä, olen kuullut".

"Tämä on lukukauden viimeinen opetukseni. Voisin kirjoittaa sinulle suosituskirjeen ensi vuoden alussa, ja voisit hakea lakikouluun ennen määräaikaa. Se kuuluisi sääntöihini."

Cynthia hymyili.

"Se kuulostaa hienolta. Paljon kiitoksia, professori. Se merkitsee minulle todella paljon."

"En sano, että aion. Sanon, että voisin."

"Ai, mitä minun pitää tehdä?"

"Kerro ensin, miksi haluat mennä lakikouluun. Mikä on perimmäinen tavoitteesi?"

Hän mietti hetken hyvän vastauksen kirjoittamista.

"No, halusin aina uran, jossa voisin olla suuri naisten puolestapuhuja. Olen melkein valmis Nais- ja sukupuolitutkimuksen pääaineeni. Olen ajatellut toimittajan uraa, jossa voisin raportoida eri aiheista. Mutta vanhempani ovat aina kertoneet minulle: "He ovat kannustaneet minua kokeilemaan lakia. Olen ajatellut sitä koko lukukauden, koska olen lähellä valmistumista. Pitkän harkinnan jälkeen olen päättänyt, että oikeustieteen opiskelu on minua varten."

Hän nyökkäsi.

"Olet varmasti miettinyt tätä paljon."

"Kyllä sir, olen."

"Entä akateemiset saavutuksesi tähän mennessä? Mitä minun pitäisi tietää?"

Hän ajatteli taas itsekseen.

"No, olen kirjoittanut joillakin kursseillani useita esseitä, jotka keskittyvät naisten oikeuksiin, värillisiin naisiin ja erilaisiin sosiaalisiin kysymyksiin tässä maassa ja ympäri maailmaa. Sain niistä kaikista A:n."

"Se ei ole yllättävää. Vaikutat minusta erittäin älykkääksi tytöksi. Pidän siitä sinussa."

"Kiitos", hän punastui.

"Lähetä minulle sähköpostilla kaikki mainitsemasi esseet. Haluaisin katsoa ne ennen kuin teen päätökseni."

"Tietysti."

"Pidän todella sinusta, Cynthia", hän sanoi. "Mielestäni olet äärettömän lahjakas. Kaltaisesi naiset ovat tämän maan tulevaisuus. Jos pystyt vakuuttamaan minut siitä, että olet todella kiinnostunut asioiden muuttamisesta, otan henkilökohtaisesti yhteyttä ystäviini parhaissa lakikouluissa ja teen kaiken mahdolliseksi. saada sinut sisään. Miltä tämä kaikki kuulostaa sinusta?"

"Se kuulostaa upealta, professori", hän sanoi säteilevästi hymyillen. "Olen varma, että olet vaikuttunut siitä, mitä minulla on tarjota."

"Minulla ei ole epäilystäkään siitä. Jos nyt annatte anteeksi, minulla on tapaamisaika noin viiden minuutin kuluttua."

"Voi, tietysti. Kiitos paljon."

Cynthia nousi seisomaan ja puristi varovasti professorin kättä tämän istuessa pöytänsä takana.

Kun hän lähti toimistosta, hän yritti parhaansa mukaan hillitä jännityksensä.

LUKU II

Kun Cynthia palasi pieneen asuntoonsa, hän meni suoraan kämppätoverinsa huoneeseen ja näki, että ovi oli auki.

Teresa makasi sängyssä kannettavan tietokoneensa avulla tarkistaakseen uusimmat juorusivustot.

"Katsotaan, voitko arvata sen?" Cynthia kysyi retorisesti. "Itse asiassa sanon sinulle suoraan. Hän suostui kirjoittamaan suosituskirjeen puolestani. Voitko uskoa sitä?"

Cynthia astui huoneeseen ja istui kämppätoverinsa sängylle.

"Se on hienoa! Miltä tuntui olla yksin hänen kanssaan? Oliko se kiusallista? Tuo kaveri on kova perse."

"Se oli ehdottomasti pelottavaa, voin kertoa sen."

"Ja hän suostui kirjoittamaan sinulle kirjeen?" Teresa kysyi. "Olen kuullut niin monia tarinoita älykkäistä opiskelijoista, jotka hänen kaltaiset idiootit hylkäsivät."

"Luulen, että sain hänet hyvälle tuulelle", Cynthia kohautti olkiaan. "Mutta se tulee olemaan vaikea prosessi. Hän haluaa puhua minulle vähän enemmän ja sitten hän kirjoittaa minulle kirjeen ensi vuonna."

"Ensi vuonna? Luin, että jos haet varhain lakikouluun, saat hieman etua pääsystä."

Cynthia hymyili.

"Tiedän. Mutta hänellä on yhteyksiä joihinkin parhaisiin lakikouluihin. Hän sanoi myös olevansa valmis ottamaan häneen yhteyttä henkilökohtaisesti puolestani, jos voin vakuuttaa hänet, että olen sen arvoinen."

"Voi vau! Se on uskomatonta."

Teresa kumartui eteenpäin ja halasi ystäväänsä suuren halauksen.

"Kiitos."

"Miten aiot vakuuttaa hänet? Sitä kaveria ei ole helppo miellyttää."

Cynthia kohautti olkiaan.

"Minun täytyy näyttää hänelle joitain vanhoja kirjoittamiani esseitä. Hän oli hieman epämääräinen koko asiasta. Mutta olen melko varma kaikesta tästä. Luulen, että hän todella pitää minusta. Hän sanoi paljon mukavia asioita. ."

"No, jos joku ansaitsee hyötyä yhteyksistään, se olet sinä."

"Kiitos. Pidän peukut pystyssä. Toivon vain, että hän ei muuta mieltään."

"Se olisi maailman suurin munansiirto, jos muuttaisin mieleni", Teresa vastasi. "Et kuitenkaan koskaan tiedä. Mutta et voi mitenkään muuttaa mieltäsi."

Cynthia hymyili.

"Olet oikeassa. Mutta minun on silti tehtävä häneen vaikutuksen. Teen mitä tahansa. Luota minuun."

"Luulen niin."

LUKU III

Oli myöhään illalla, kun Cynthia oli jo käynyt läpi vanhoja tiedostojaan.

Hän oli järjestänyt kaikki kirjoittamansa parhaimmat esseet.

Sitten hän liitti ne tiedostoon.

Hän viimeisteli myös professorin luokan loppupaperinsa.

Hän luki viimeisen artikkelin useita kertoja varmistaakseen, että se oli täydellinen.

Tämä oli hänen tilaisuutensa tehdä vaikutuksen mieheen, jolla oli mahdollisesti hänen tulevaisuutensa avaimet.

Hän liitti kaiken sähköpostiin ja kirjoitti viestin professorille:

"Hei opettaja,

Toivottavasti hänellä menee hyvin. Kiitos, että tapasit minut tänään. Tiedän, että olet erittäin kiireinen ihminen. Olen liittänyt kaikki esseet, jotka halusin nähdä. Minulla on A:t kaikissa.

Liitin myös hänen luokkansa lopputyöni, jonka sain valmiiksi etuajassa. Toivon, että kaikki on tyydyttävää. Kerro minulle, jos tarvitset minulta jotain muuta tai haluat tavata uudelleen keskustellaksesi kaikesta suosituskirjeeseen liittyvästä. Arvostan todella tätä kaikkea.

Kaikki parhaat,

"Cynthia"

Hän lähetti sähköpostin, ja hän huokaisi helpotuksesta.

Hän oli istunut tietokoneensa ääressä useita tunteja, hyvin vähän lepäämättä lähettääkseen asiakirjat professorille mahdollisimman nopeasti.

Kun aikaa oli jäljellä ennen illallista, Cynthia tarkisti Facebook-päivityksensä nähdäkseen, mitä uutta hänen sosiaalisissa piireissään oli.

Saapuva sähköposti saapui.

Se oli vastaus opettajalta:

"Nähdään toimistollani. Maanantaina yhdeksältä aamulla."

Cynthia oli hieman hämmentynyt professorin salaperäisestä ja lyhyestä vastaussähköpostista.

Hän ihmetteli, oliko hän edes vaivautunut katsomaan mitään liitteenä olevista asiakirjoista, koska hän oli vastannut nopeasti, ja oliko hän käyttänyt viimeiset tunnit niin kovasti turhaan.

Tällä kertaa hän sai toisen sähköpostin.

Se oli toinen vastaus opettajalta:

"Keskustelemme suosituskirjeen ehdoista."

Tämän viestin hän halusi.

Hän hymyili itsekseen tietäen, että professorin yhteydet huippuopistoihin olivat ulottuvilla.

Vuosien kova työ palkittiin vihdoin.

Hänen täytyi vain tehdä mitä opettaja halusi.

TOINEN OSA
OPISKELIJA PÄÄTTI

LUKU I

Maanantai.

Aikaisin aamulla.

Cynthia odotti professorin toimiston ulkopuolella puolimuodollisessa puvussa.

Hän halusi näyttää opettajalle hienostuneelta.

Hän halusi todistaa olevansa sen arvoinen.

Hän saapui tarkalleen yhdeksältä aamulla.

Hän piti kädessään pientä, tavallista paperikassia, ja hän tuskin vilkaisi Cynthiaan, kun tämä nousi tervehtimään häntä.

He kättelivät, sitten hän avasi toimiston oven ja päästi hänet sisään.

Sitten hän sulki oven.

Tilanne oli hieman kiusallinen, kun professori valmisteli pöytänsä ja laittoi tietokoneen päälle, mutta ilmeisesti jätti huomiotta huoneessa hänen edessään seisovan opiskelijan.

"Toivon, että sinulla oli hyvä viikonloppu", hän sanoi purkaen jännityksen.

Professori istui pöytänsä takana ja Cynthia hänen edessään.

"Minulla oli loistava viikonloppu", hän vastasi. "Käytin suurimman osan siitä paperien lajittelussa. Mutta minulla oli myös aikaa muuhun toimintaan. Entä sinä?"

"Pääasiassa koulutöitä. Olen opiskellut kovasti kokeita varten ja kirjoittanut papereita muille luokille."

Hän nyökkäsi.

"Kuten pitääkin."

"Josta puheen ollen, oletko lukenut asiakirjat, jotka lähetin sinulle?"

"Ei, en ole", hän vastasi tylysti.

"Ai, luulin tarvitsevani niitä..."

"En katso niitä, Cynthia. En ole kiinnostunut lukemaan esseitäsi muille luokille. Minulla ei ole siihen aikaa."

"Tarkoittaako se, että annat minulle suosituksen ilman, että sinun tarvitsee lukea niitä?" hän kysyi varovasti.

"Ei vastannut. "Sinun on silti ansaittava se."

"Mitä minun sitten pitää tehdä?"

Hän katsoi häntä terävällä katseella.

"Oletko huomaavainen ihminen, Cynthia?"

"Mitä se tarkoittaa?"

"Pystytkö pitämään salaisuuden?"

"Olen aina ollut luotettava henkilö. Miksi?"

"Olen erittäin kiinnostunut sinusta", hän sanoi. "Olen kiinnostunut sinusta. Mutta sinun täytyy luvata minulle, että kaikki, mistä keskustelemme, pysyy luottamuksellisina. Voitko tehdä sen? Jos tämä kaikki onnistuu, lupaan, teen parhaani saadakseni sinut mihin tahansa kouluun ja pidän aina lupaukseni."

Cynthia veti syvään henkeä ja yritti säilyttää malttinsa.

Hän ei ollut varma, mihin keskustelu oli menossa, mutta hän piti tuloksesta.

Hän halusi hänen apuaan.

"Lupaan. Kaikki, mistä keskustelemme, on salaisuutta."

Hän nyökkäsi hitaasti.

"Mukava kuulla."

"Saanko kysyä, mistä tässä on kyse? En vieläkään ymmärrä, mitä haluat minulta."

"Olet käynyt kolmella kurssillani, eikö niin?"

"Näin on."

"Olet aina kiehtonut minua", hän sanoi. "Tapaamispäivästä lähtien olen havainnut sinut mielenkiintoiseksi ihmiseksi. Olen aina nauttinut esseidesi lukemisesta. Itse asiassa, rehellisesti sanottuna, joskus luen esseitäsi edelleenkin. Ajatuksesi naisten oikeuksista ja naisten seksuaalisista vapauksista ovat aika syvällistä."

"Kiitos herralleni".

"Minulla on sinulle tehtävä", hän sanoi. "Se on täysin pois esityslistalta. Kukaan ei koskaan saa tietää. Ilmeisesti se on valinnaista. Mutta jos teet sen, annan sinulle luokassani automaattisen A:n ja autan sinua pääsemään huipputason lakikouluun."

Cynthia nyökkäsi epäröivästi.

"Hyvin."

"Se on lukutehtävä. Haluan sinun lukevan sinulle antamani materiaalin. Ja huomenna haluan sinun olevan täällä taas kello yhdeksän aamulla valmis keskustelemaan siitä."

Professori otti ruskean paperipussin ja asetti sen pöytälleen Cynthian eteen.

"Mistä lukutehtävässä on kyse?" hän kysyi hämmentyneenä.

"Kaikki tässä laukussa on sinua varten. Pidä sitä lahjana. Älä avaa sitä ennen myöhään illalla. Ja haluan, että luet merkityn tarinan ennen nukkumaanmenoa. Haluan näkemyksesi mielenkiintoisen näkökulmasi vuoksi naisten ongelmat. Voitko tehdä tämän puolestani?"

"Voi."

"Hyvä", hän nyökkäsi. "Nyt, jos annat minulle anteeksi, minulla on kiireinen päivä. Olen varma, että olet kiireinen myös tänään ."

"Kiitos professori."

Cynthia nousi seisomaan ja puristi professorin kättä.

Sitten hän otti ruskean laukun ja lähti toimistosta.

Hän ei vaivautunut katsomaan laukun sisään.

Pelkäsin liian katsoa.

LUKU II

Sinä yönä Cynthia makasi sängyssä valot edelleen päällä.

Hän oli juuri saanut päätökseen tiukan iltaopiskelurutiinin.

Hänen silmiään sattui.

Ja hän oli henkisesti uupunut.

Hän katsoi pöytään sänkynsä vieressä ja näki ruskean laukun.

Hän oli melkein unohtanut sen.

Ilta ei siis ollut vielä ohi.

Hän istui sängylle ja otti laukun.

Kun Cynthia avasi pussin, hän oli järkyttynyt näkemästään.

Siellä oli kohtalaisen kokoinen vaaleanpunainen dildo, joka oli miehen peniksen muotoinen.

Hän nosti sen ja katsoi sitä ihmetellen, oliko se virhe.

Ehkä opettaja antoi minulle väärän laukun?

Miksi hänellä on tämä?

Mutta hän päätteli, että virhettä ei ollut.

Professori oli liian tarkka ja älykäs tehdäkseen tällaisia virheitä, hän ajatteli.

Hän laittoi dildon sängylleen ja kurkoi kassin pohjaan.

Ainoa asia siellä oli myös erittäin suuri kirja.

Se oli vanha ja kulunut.

Hän katsoi kantta.

Se oli kokoelmakirja useista BDSM-tarinoista.

Hän vilkaisi hakemistoa nähdäkseen, että kaikki tarinat koskivat seksiä.

Eikä mitä tahansa seksiä, vaan tarinoita herruudesta ja alistumisesta.

"Tämä on seksuaalista häirintää!" ajattelin.

Cynthia sulki kirjan ja asetti sen viereiselle pöydälle.

Olin vihainen, järkyttynyt ja surullinen.

Hän ei tiennyt miltä tuntuisi.

Sitten hän muisti opettajan kommentin, että lukeminen oli vapaaehtoista.

Hän ajatteli, että hänen täytyi tehdä mitä tahansa hän pyysi.

Mutta silloin hänkään ei saanut mitään.

Muutaman hetken miettimisen jälkeen hän tajusi, ettei vahinkoa ollut.

Se oli vain kirja.

Hänen täytyi vain lukea, mitä hän olisi saanut, ja keskustella siitä opettajan kanssa.

Sitten hän saisi opettajan apua.

Dildo meni myöhemmin roskakoriin, minne se kuului.

Hengitettyään syvään hän otti kirjan ja nojasi tyynylle lepäämään mukavasti. Kirjan keskellä oli kirjanmerkki. Hän avasi sen löytääkseen tarinan, jonka opettaja oli hänelle antanut.

Hän alkoi lukea.

~~~

Tarinan tiivistelmä:

Erika oli itsenäinen nainen, taiteilija ja feministinen naisten oikeuksien aktivisti.

Hän johti menestyvää taidegalleriaa kaupungin keskustassa.

Häntä lähestyy Robert-niminen mies, joka tarjoutuu myymään hänelle omia töitään.

Hän näyttää hänelle valokuvia, ja hän on erittäin vaikuttunut hänen valokuvissaan esiintyvistä maalauksista.

Mutta kun hän vierailee hänen pienessä studiossaan, hän huomaa, että suurin osa hänen työstään liittyy BDSM:ään, eikä se näkynyt hänen valokuvissaan.

Seinällä oli kuvia sidotuista ja iloisista naisista.
~~~

Erika kertoo kohteliaasti Robertille, että hän on eri mieltä hänen maalaustensa sisällöstä, ja sitten kieltäytyy hänen tarjouksestaan ostaa taideteos.

Päiviä myöhemmin Robert pyytää edelleen liikesuhdetta hänen kanssaan.

Hän lähettää hänelle sähköpostilla lisää kuviaan, joissa tällä kertaa näkyivät naiset sidottuina ja suutunteina.

Sitten oli kuvia naisista erilaisissa voimakkaan orgasmin tiloissa.

Erika tunsi olevansa ristiriitainen kuvista.

Hän piti niitä rivoina, mutta hyvänmakuisina.

Ne varmasti stimuloivat häntä jollain tavalla.

Hän oli kiinnostunut.

Hän suostui tapaamaan hänet uudelleen keskustelemaan mahdollisesta sopimuksesta.

Pienessä studiossaan Robert vakuutti hänet siitä, että BDSM ei ollut niin huono.

Hän vakuutti hänet, että se oli jotain kaunista ja että naiset saivat paljon iloa.

Erika oli skeptinen, mutta suostui kokemaan kevyen orjuuden Robertin pyynnöstä.

Tämä avasi hänelle mahdollisuuden saada Erika uudeksi BDSM-fetissiksi.

~~~

Luettuaan tarinan Cynthia huomasi olevansa hieman innostunut.

Tulevien loppukokeiden aiheuttaman stressin myötä seksi oli viimeisenä mielessäni, mutta historia muutti sen.

Hän oli märkä jalkojensa välissä.

Minua kiehtoivat hahmot.

Hän innostui ajatuksesta tarinan naishahmon sidomisesta ja seksuaalisesta käytöstä.
~~~

Yhtäkkiä ruskea laukkudildo ei tuntunutkaan enää niin pahalta idealta...

LUKU III

Seuraava päivä.

Cynthia istui opettajan pöydän edessä.

Hän vain katsoi häntä sanomatta sanaakaan.

Hän joi toisen kulauksen kahviaan.

Mitä pidempään hiljaisuus jatkui, sitä epämukavammaksi hänen jälleennäkemisestä tuli.

"Haluan tietää, miltä se sinusta tuntui", hän sanoi ja rikkoi hiljaisuuden. "Haluan tietää, kuinka mielesi toimi jokaisessa yksityiskohdassa. Oletko kunnossa?"

"Minä olen."

"Luitko tarinan, jonka annoin sinulle?"

"Tein. Minusta se oli hyvin kirjoitettu."

"Mitä muuta ajattelit siitä?" kysyi. "Mitä pidit päähenkilön kehityksestä?"

Cynthia pysähtyi hetkeksi.

"Uskon, että päähenkilön evoluutio on yleistä monille ihmisille. Olen tehnyt paljon tutkimusta seksuaalisuudesta vuosien varrella. Ihmiset löytävät jatkuvasti fetissiään koko elämänsä ajan. Seksuaalisessa etsinnässä ei ole mitään vikaa "Se on osa ihmisenä oleminen."

"Luuletko, että tarina oli realistinen? Luuletko, että jotain tällaista voisi tapahtua hartaalle feministille?"

"Miksi ei?" Hän vastasi . "Sen tarinan hahmo on ihminen kuten kaikki muutkin. Se, että hän on feministi, luultavasti ruokki tabua olla alistuva hallitsevalle miehelle. Se, että joku on feministi, ei tarkoita, etteikö hän voisi nauttia tyydyttävästä seksielämästä . ".

Hän hymyili.

"Olet erittäin älykäs tyttö. Nautin näkemyksesi kuuntelemisesta."

"Tarkoittaako tämä, että olen ansainnut suosituksenne?"

"Ei vielä. Haluan tietää, käytitkö lelua, jonka annoin sinulle. Käytitkö sitä itsessäsi lukiessasi tarinaa? Vai käytitkö sitä myöhemmin?"

Hänen kasvoilleen ilmestyi hämmästynyt ilme.

"Mitä se tarkoittaa?"

"Käytitkö dildoa itsessäsi?"

"Minä... en ymmärrä, miten se kuuluu sinulle."

"Se, mitä sanotte, on luottamuksellista. Jään eläkkeelle vuoden lopussa, muistatko? Muutaman viikon kuluttua et enää näe minua."

Hän ajatteli hetken.

"Käytin dildoa itsessäni tarinan luettuani."

"Mitä ajattelit?"

"Päähenkilöstä tarinan lopussa. Tiedätkö, että se on sidottu."

"Onko sinulla aina ollut orjuusfetissi?" hän kysyi .

"Minusta tämä ei ole sopivaa. Olen jo tehnyt kaiken, mitä pyysit."

"Meillä on vielä paljon aikaa", hän vastasi. "Olet hyvin erityinen tyttö. Työskentelet kovasti ja olet hyvin päättäväinen. Arvostan näitä ominaisuuksia ja haluan sinun kokevan elämän ilot. En yritä huijata sinua. Sinun pitäisi luottaa minuun tässä."

"Mitä sinä haluat minulta?"

"Juuri nyt annan sinulle toisen tehtävän."

"Onko se viimeinen?"

"Ehkä", hän vastasi. "Juuri nyt sinulla on luokassani A. Siinä kaikki. Jos kuuntelet minua, käytän yhteyksiäni puolestasi."

"Hyvä", hän nyökkäsi.

"Lue tuon kirjan seitsemäs tarina. Sitten haluan sinun masturboivan dildon kanssa. Tapaamme huomenna uudelleen. Puhumme tarinasta. Ja haluan sinun kertovan minulle kaiken orgasmistasi. Pystytkö siihen? "

"Joo."

"Hyvä. Ja emme tapaa toimistossani. Lähetän sinulle kokouspaikan huomenna aamulla. Ymmärrätkö?"

"Lupaatko käyttää yhteyksiäsi minulle?"

"Lupaan."

"Sitten se on sopimus."

KOLMAS OSA
PUNAINEN ALAOSA

LUKU I

Myöhemmin samana iltana.

Cynthia ja Teresa pesivät astiat yhdessä päivällisen jälkeen.

He olivat myös tehneet ruokaa yhdessä.

Kuivaamisen ja astioiden telineelle asennon jälkeen Teresa laski pyyhkeen alas ja nojasi tiskiä vasten.

"Tämä on elämäni pahin viimeinen viikko", Teresa voihki. "Miksi minun piti opiskella biologiaa?"

"Koska haluat tehdä elämälläsi hyviä asioita. Se on sen arvoista."

"Niin siis luulet?"

"Toivon niin", Cynthia kohautti olkiaan.

"No se on lohduttavaa."

Cynthia nojasi myös keittiön työpöytää vasten ja katsoi parasta ystäväänsä.

"En voi uskoa, kuinka pitkälle olemme tulleet", hän sanoi. "Puhuimme nuorempana aikuisuudesta. Katsokaa nyt meitä. Meillä on tulossa hieno ura."

Teresa hymyili.

"Vielä lukukausi ja sitten emme ole enää kämppäkavereita. Se saa minut itkemään kun ajattelen sitä."

"Me pärjäämme. Se on parasta."

Teresa nyökkäsi päätään.

"Olet oikeassa. Asiat menevät niin, että olet matkalla maan parhaaseen lakikouluun."

"Sitä sopimusta ei ole vielä tehty."

"Mitä tuolle kaverille muuten tapahtuu? Miksei hän vain kirjoita sitä paskaa ja selviä siitä kuin tavallinen professori?"

"Hän haluaa vain olla perusteellinen, siinä kaikki", Cynthia vastasi. "Luulen, että päätämme toisen kysymyksen akateemisesta historiastani ja tulevaisuuden tavoitteistani. Ja sellaista."

"Jos en tietäisi paremmin, sanoisin, että tämä kaveri on kiinnostunut saamaan jotain kanssasi", Teresa vastasi huonolla sanalla.

"Mikä saa sinut sanomaan noin?"

"Tapa, jolla hän kutsuu sinua luokassa. Se, miten hän katsoo sinua. Se on jotenkin ilmeistä, no, minulle joka tapauksessa."

"Hän kohtelee kaikkia samalla tavalla luokassa. Lisäksi hän on naimisissa."

"On outoa, että olen viettänyt niin paljon aikaa kanssasi viime aikoina", Teresa huomautti. "Oletko sattumalta rakastunut häneen?"

"Ei!" Cynthia vastasi huvittuneena ja kauhistuneena. "Kuinka voit sanoa jotain tuollaista?"

Teresa teki hauskoja kasvoja.

"Jumala. Mietin vain. Jeesus. Älä ole niin puolustava."

"Joka tapauksessa on paljon aikaa vitsailla tästä kaikesta myöhemmin. Juuri nyt minun täytyy opiskella. Et ole ainoa henkilö, jolla on raakoja kokeita."

"Sitten meidän on parasta mennä kirjoihin."

"Näin on."

LUKU II

Sulkettuaan oven Cynthia makasi mukavasti sängyllä nojaten tyynyä vasten.

Se oli hänen suosikkipaikkansa opiskella.

Hän kävi nopeasti läpi luokkiensa kirjat ja muistiinpanot.

Hän oli jo valmistautunut ja kaikki oli aikataulua edellä.

Hän sulki materiaalin ja lepäsi hetken silmiään.

Opettajan läksyt olivat vielä kesken.

Hän ihmetteli hetken, oliko Teresa oikeassa, että hän oli ihastunut häneen.

Valta, joka hänellä oli häneen, oli suuri tabu.

Cynthia jätti koulutavaransa sivuun ja otti suuren BDSM-kirjan. Hän palasi mukavaan asentoonsa sängylle ja avasi seitsemännen tarinan kirjan.

Hän alkoi lukea.

~~~

Tarinan tiivistelmä:

Samantha oli menestyvä liikenainen.

Hänellä oli iso toimisto yrityksen toimistossa.

Hän oli tottunut antamaan käskyjä vahvoille miehille.

Yrityksen, jossa hän työskenteli, oli ostanut toinen yritys.

Yhtäkkiä hänellä oli uusi miespomo.

Samanthan uusi pomo oli hyvin erilainen kuin kukaan, jonka kanssa hän oli työskennellyt aiemmin.

Uutta pomoa ei pelottanut hänen kauneutensa.

Hän huokui itseluottamusta, eikä Samanthan seksuaalinen vetovoima vaikuttanut häneen.

Hän vahvisti itsensä välittömästi vastuuhenkilöksi.
~~~

Hän vahvisti itsensä heidän esimiehensä.

Tarinan loppuun mennessä hän vieraili viikoittain yksityisessä toimistossaan kertoakseen hänelle olevansa alistuvainen.

Samantha huomasi olevansa sidottu ja ruoskittu omalla työpöydällään.

Hän käytti reikää, joka sopi hänelle parhaiten.

Joskus hän nai hänen suunsa, toisinaan hän nai häntä anaalisesti.

Tämä oli hänen uusi roolinsa yrityksessä.

~~~

Cynthia sulki kirjan ja levitti kätensä ja jalkansa sängylle.

Hänen reisiensä välissä oli pistely.

Syvällä sisimmässään se sai hänet tuntemaan syyllisyyttä tarinasta, jossa mies alensi vahvaa naista seksuaalisesti.

Mutta hän oli kuitenkin innoissaan.

Opettajan tehtävä oli selvä: hän halusi hänen käyttävän dildoa.

Hän kurkotti laatikkoonsa ottaakseen seksilelun.

Sitten hän riisui alavaatteet kokonaan.

Hän makasi sängyllä jalat levittäytyen ja alkoi hyväillä pilluaan sormillaan.

Kun hän oli tarpeeksi kiihtynyt ja märkä, hän työnsi seksilelun sisään.

Lelu meni sisään ja ulos pillusta.

Hän piti silmänsä kiinni.

Hän kuvitteli järjettömiä ajatuksia siitä, että kirjan naishahmoa naitiin suullisesti, kun se oli sidottu pöytäänsä.

Hän yritti pitää masturbointinsa hiljaa, jotta Teresa ei kuullut häntä.

Hänen mielensä oli kiireinen, ja samoin hänen sormensa ohjasivat seksilelua.

Ennen pitkää hänen varpaansa käpristyivät ja selkä hieman kaareutui.
~~~

Hän sulki suunsa, jottei kuuluisi kovaa voihkivaa ääntä.

Hän tuli.

Sitten hänen ruumiinsa rentoutui ja hän makasi sängylle onnellisena.

Se oli ollut erittäin likainen fantasia.

Kunpa olisin löytänyt tämän aikaisemmin...

LUKU III

Seuraava päivä.

Kello oli kahdeksan aamulla.

Cynthia oli noudattanut ohjeita, jotka professori oli lähettänyt hänelle sähköpostitse.

Hänellä oli yllään mukava nappi ja toimistotyyppinen kynähame.

Sen sijaan, että tapasivat hänen toimistossaan, he tapasivat tyhjän luokkahuoneen ulkopuolella, jonka hän avasi avaimellaan.

Hän kantoi paperipussia.

Kun he tulivat luokkahuoneeseen, hän lukitsi oven.

"Istukaa", hän sanoi ja sytytti valot.

"Olen tänään hieman hermostunut", Cynthia sanoi melkein leikkisästi kävellessään tyhjän huoneen läpi.

"Koska?"

"Kaikki mitä olemme tehneet. Tämä luokkahuone."

"Älä ole hermostunut", hän vastasi. "Sinun ei tarvitse olla."

"Toivottavasti ei."

Cynthia istui suuren luokkahuoneen eturivissä.

"Hyvä valinta", hän hymyili. "Hyvät tytöt istuvat aina eturivissä. Pidän hyvistä tytöistä."

"Oletko tehnyt tämän ennen?"

"Tehnyt mitä?"

"Tämä", hän vastasi. "Oletko saanut muita opiskelijoita tekemään seksiä puolestasi vastineeksi suosituskirjeestäsi tai hyvästä arvosanasta?"

"Minulla on arvostettu akateeminen ura, Cynthia. En riskeeraisi mainettani pyytämällä palveluksia satunnaisilta opiskelijoilta."

"Miksi sitten tehdä tämä minulle?"

"Koska sinä olet erityinen", hän sanoi suoraan. "Olet kiehtonut minua siitä lähtien, kun näin sinut. Olet kiehtonut minua joka kerta, kun puhut luokassa ja joka kerta kun luen töitäsi. Olet erityinen henkilö. Ja olet kaunein oppilas, joka minulla on koskaan ollut."

"Iimartelevia sanoja, mutta mistä tiedät, etten tee sinusta valitusta seksuaalisesta häirinnästä? Olen tehnyt sen aiemmin muiden miesten kanssa."

"Et tee. Olet liian päättäväinen lopettaaksesi tämän nyt. Minulla on jotain, mitä haluat kipeästi. Joten, pitäisikö meidän aloittaa nyt? Mitä nopeammin aloitamme, sitä nopeammin saamme valmiiksi."

Hän nyökkäsi hitaasti.

"Eteenpäin."

"Luitko tarinan eilen illalla?"

"Minä tein sen."

"Mitä mieltä olet siitä?"

Hän ajatteli hetken.

"Minusta se oli jännittävää. En ollut koskaan lukenut tuollaisia juttuja ennen. Minusta tuntui aina, että seksin pitäisi olla tasa-arvoista miesten ja naisten välillä. Kaiken pitäisi olla tasa-arvoista. Ja ilmeisesti poliittiset taipumukseni ovat feministien puolella. Mutta se oli erittäin jännittävää lukea sitä. Rakastin sitä."

"Oletan, että masturboit taas dildolla."

"Minä tein."

"Mitä erityisesti ajattelit tehdessäsi sitä?" kysyi.

"Naishahmo on sidottu pöytäänsä. Häntä käytetään hyväksi. Sellainen. Se oli tarinan eroottisin osa."

Professori viittasi ruskeaa laukkuaan kohti.

"Ajattelin, että nautit siitä kohtauksesta. Onneksi tulin valmistautuneena. Ja onneksi olemme tyhjässä luokkahuoneessa, jossa on iso kirjoituspöytä. Haluaisitko kokeilla jotain uutta?"

"En usko että ..."

"Ovi on kiinni Cynthia. Kukaan ei koskaan tiedä. Enkä koskaan kerro. Minulla on liikaa menetettävää. Jään eläkkeelle vuoden lopussa, eikä sinun tarvitse nähdä minua enää koskaan. Voin myös auttaa sinua stipendeillä ja muilla tavoilla tehdä koulutuksestasi edullisempaa. Voimme auttaa toisiamme."

Hän kamppaili emotionaalisesti hetken.

"En tiedä. En ole sellainen ihminen."

"Teen kaiken työn. Sinun ei tarvitse tehdä mitään. En aio tunkeutua sinuun suullisesti tai vaginaalisesti. Haluan vain tutkia."

"Entä jos haluan lopettaa?" hän kysyi.

"Sitten lopetamme."

"OKEI."

"Tule luokan eteen. Makaa vatsasi henkilökunnan pöydällä."

Cynthia nousi seisomaan ja käveli kohti pääpöytää.

Hän yritti parhaansa mukaan pukeakseen rohkeat kasvot.

Se oli raja, jota hän ei koskaan uskonut ylittävänsä miehen kanssa, mutta hän oli.

Hän oli valmis antamaan paljon vanhemman opettajan käyttää kehoaan, kaikki koulutuksensa edistämiseksi.

Hän vannoi itselleen, ettei kukaan koskaan tietäisi tätä.

Hän lepäsi vatsansa ja rintansa pöydällä tyhjään luokkaan päin.

Hän sulki silmänsä, melkein häpeissään.

Hän kuuli professorin kävelevän takanaan.

Sitten hän tunsi hänen kätensä liukuvan varovasti ylös hänen toimistokynähameensa nostaen sen ylös.

"Rentoudu", hän sanoi. "Olen mukava sinulle. Olet turvassa kanssani."

Opettaja veti varovasti alas hänen pikkuhousut, ja hän nosti jokaista jalkaa, jotta hän voisi ottaa ne pois.

Hän tunsi itsensä haavoittuvaksi ja paljastuneeksi mekkonsa ollessa ylös vedettynä ja ilman pikkuhousuja.

Hän kuuli paperipussin narisevan auki.

Hän jatkoi silmiensä puristamista kiinni.

Pelkäsin liian katsoa.

Sitten hän tunsi nilkkansa olevan sidottu pehmeällä köydellä.

Hän ei vastustanut eikä vastustanut.

Se tapahtui hyvin nopeasti.

Ennen kuin hän ajatteli kahdesti, hänen nilkkansa oli sidottu pöydän jalkojen päähän.

Professori liikkui pöydän ympäri ja toisti prosessin ranteillaan.

Yhtä nopeassa prosessissa Cynthian ranteet sidottiin pöydän päähän.

Hän oli täysin hillitty ja sidottu.

"Ole hyvä ja rentoudu", hän sanoi. "Asioista tulee helpompaa niin."

Opettaja löi varovasti Cynthiaa paljaalle pohjalle.

Se oli hänelle järkytys ja yllätys.

Se sai hänen silmänsä levenemään.

Pienenäkään häntä ei ollut koskaan piiskattu.

Se oli uusi sensaatio.

Ennen kuin hän ehti käsitellä tilannetta emotionaalisesti, tuli toinen piiska.

Sitten toinen.

Hellävaraiset lyönnit kävivät yhä kovemmiksi.

Piiskaukset alkoivat kaikua yliopiston suuressa luokkahuoneessa.

"Miltä sinusta tuntuu?" hän kysyi häneltä isällisesti. "Pystytkö sinä käsittelemään tätä?"

"Se kirvelee vähän."

"Se on ohi pian. Mitä nopeammin kumpuilet, sitä nopeammin olemme valmiit."

Hänen silmänsä pysyivät auki.

Kuinka kauan ennen kuin cum?

Hän aikoi saada hänet orgasmin, eikä hän vastustanut.

Hän ei taistellut takaisin.

Hän ei käskenyt mennä vittuun.

Hänen feministiset arvonsa murentuivat, ja syvällä sisimmässään hän piti siitä.

Hän kuuli äänen professorin kurottautuneen takaisin ruskeaan laukkuun.

Olin hermostunut enkä tiennyt mitä odottaa.

Kun hän pudotti pussin, hän löysi etsimänsä.

Hänen paljastuneeseen takaosaan kuului toinen isku.

Se ei ollut hänen kädessään.

Nyt minulla oli pieni kumilapio.

Lapio satutti enemmän kuin hänen paljas käsi.

Minulla oli pistävä tunne.

Hän jatkoi hänen paljaan takapuolen hakkaamista.

Alkoi satuttaa enemmän.

Hänen peppunsa muuttui kirkkaan punaiseksi.

Hän puri alahuultaan ja yritti olla itkemättä kuin typerä pieni tyttö.

Hän ei halunnut näyttää heikolta dominoivan ja vahvan opettajansa edessä.

Kipu kasvoi.

Opettaja jatkoi lyömistä kovemmin ja nopeammin.

Hän halusi itkeä.

Yhtäkkiä hän pysähtyi.

Hän kuunteli, kuinka hän asetti melan pöydälle, ja sitten hän polvistui hyväilemään hänen palavaa pohjaansa.

Hän hieroi sitä hellästi.

Hän antoi hänelle pehmeitä suudelmia.

Sitten hän kurkotti alas ja leikki hänen turvonneella klitillään.

"Ai..." hän voihki.

Hän pystyi välttämään ääniä piiskauksen aikana, mutta ei turvonneen klitoriksen suoran stimulaation vuoksi.

Professori hieroi klitoistaan nopein pyörivin liikkein kahdella sormella.

Toisella kädellään hän jatkoi naisen kipeän pohjan hyväilyä.

Hän jatkoi pehmeästi hänen perseensä suutelemista ikään kuin hän palvoisi sitä.

Hän jopa nuolaisi sitä muutaman kerran.

"Luulen, että aion kumartaa", hän myönsi nolostuneena.

"Cum for me, kultaseni. Ole minun pieni seksikissani ja saa upea orgasmi."

Hän painoi kasvonsa hänen kipeää selkää vasten ja jatkoi raivoissaan klitisen hieromista.

Cynthian silmät kääntyivät taaksepäin.

Hänen suunsa oli auki.

Hänen ruumiinsa jännittyi.

Hänen selän ja jalkojen lihakset supistuivat, mutta hän ei voinut liikkua, koska hänen raajansa olivat sidottu pöytään.

Pehmeät voihkaukset karkasivat hänen suustaan.

Pian hänen kuumasta pillusta purskahti pieni joki kirkkaita nesteitä.

Professori ei pysäyttänyt liikkeitään sormillaan ennen kuin kaikki oli pois.

Sitten hän antoi hänelle toisen suudelman.

Professori nousi ylös ja suuteli Cynthiaa hänen kasvoilleen.

Hän suuteli myös hänen hiuksiaan muutaman kerran.

Kun professori irrotti Cynthian, hän istui lattialla sikiöasennossa.

Hänen ruumiinsa tuntui hyytelömäiseltä.

Hänen voimansa oli poissa.

Professori istui lattialla hänen vieressään.

"Olet upea", hän sanoi. "Todella mahtavaa."

"Sitäkö sinä halusit?" hän vastasi syvään hengittäen.

"Se oli enemmän kuin halusin. Olet todella upea."

"Tarkoittaako tämä, että olemme valmiit?" Hän kysyi epävarmana, halusiko hän sen loppuvan vai ei.

"Ei. Emme ole lähelläkään valmistumista. Tähän mennessä olet saanut luokassani A+. Mutta et ole vielä ansainnut yhteyksiäni. Jos jatkat, teen parhaani saadakseni sinut valitsemaasi lakikouluun. Ja autan sinua saamaan stipendejä kaiken maksamiseen."

"Se minun täytyy tehdä?"

"Nyt haluan sinun jatkavan opiskelua muita kokeita varten. Olet tyypin A opiskelija. Sinun pitäisi käyttäytyä sen mukaan."

"Ja sitten?" hän kysyi. "Mitä tapahtuu sen jälkeen, kun hän suorittaa kokeet?"

"Aiotteko mennä jonnekin? Asutko lähellä perheesi taloa? Vai asutko yhteisessä asuntolassa?"

"Jaan asunnon kämppäkaverini kanssa. Olemme molemmat menossa kotiin finaaliviikon jälkeen. Meillä on lennot aikataulussa. Miksi?"

Professori kulki kätensä hiusten läpi.

"Peruuta lentosi. Siirrä se muutaman päivän kuluttua."

"Mutta perheeni? He odottavat minua pian kotiin."

"Tarvitsen vain muutaman päivän. Kerro heille, että saat päätökseen tärkeän kouluprojektin. He ymmärtävät."

"Mitä aiomme tehdä?" hän kysyi.

"Kun kämppäkaverisi lähtee, haluan käydä asunnossasi. Haluan nähdä kuinka elät. Haluan viettää aikaa kanssasi. Haluan meidän olevan kahdestaan. Olen utelias sinusta henkilökohtaisella tasolla. Kuten Olen aiemminkin maininnut, että olen erittäin kiinnostunut sinusta." . Kiehtoat minua".

"Entä... seksuaalisesti... Mitä suunnitelmia sinulla on minulle?"

Hän hymyili.

"Otamme sen selville."

"Et aio naida minua. Minulla on poikaystävä ja siihen vedän rajan."

"Mitä sinä sitten voit tehdä hyväkseni?"

Hän ajatteli hetken.

"Voit piiskata minua taas."

"Imetkö kaluni?"

Hän nyökkäsi epäröivästi.

"Okei. Mutta siinä se olisi."

"Meidän on parempi lähteä liikkeelle. Älä unohda pikkuhousujasi. Ne ovat pöydällä. Äläkä unohda suunnitelmiamme. Lupaan, että kaikki on sen arvoista."

Tämän jälkeen professori nousi seisomaan ja laittoi köydet ja melan takaisin ruskeaan pussiin.

Sitten hän lähti jättäen hänet yksin olohuoneeseen.

Cynthia jatkoi istumista sikiöasennossa kokoaessaan ajatuksiaan.

Orgasminen tunne virtasi edelleen hänen kehonsa läpi.

Hän ei vieläkään voinut sanoa, rakastiko hän orjuuden kokemusta vai vihasiko hän sitä.

Mutta hänen jättämänsä pieni nestelätäkkö antoi hänelle vastauksen.

NELJÄS OSA
SOPIMUKSEN PÄÄLLÄ

Viikkoa myöhemmin.

Cynthia katsoi ulos asuntonsa ikkunasta ihaillakseen talonsa ulkopuolella avautuvaa näkymää.

Olin yksin.

Teresa oli jo lähtenyt suoritettuaan kaikki loppukokeet.

Myös Cynthian olisi pitänyt lähteä.

Hänen olisi pitänyt olla kotona perheensä kanssa.

Sen sijaan hän odotti professoria.

Olin jo antanut hänelle osoitteen.

Hän odotti meditatiivisessa tilassa hänen tulevaa.

Hänellä oli yllään kaunis sininen mekko.

Se oli tyylikäs ja rento.

Hän oli paljain jaloin eikä hänellä ollut mitään yllään mekkonsa alla.

Kaikki, mitä hän oli tehnyt professorin kanssa, oli vastoin hänen luontoaan.

Hän vastusti vahvoja arvoja, joilla hänet oli kasvatettu.

Ja se oli vastoin arvoja, joita halusin puolustaa tulevana asianajajana.

Mutta opettaja oli antanut hänelle elämänsä parhaan orgasmin.

Ajattelin sitä orgasmia joka päivä.

Hän masturboi ajatellut opettajaa joka ilta.

Hän ihmetteli, mitä oli suunnitellut.

Kadun oven kello soi ja hän päästi professorin sisään rakennukseen.

Hän avasi asunnon oven ja odotti häntä.

Kun hän astui ulos hissistä asuntonsa lattialle, hän hymyili hänelle.

Hän oli pukeutunut puolipäiväiseen asuun ja kantoi ruskeaa paperikassia.

He tervehtivät toisiaan ja hän astui asuntoonsa luottavaisin mielin, aivan kuin hän asuisi siellä.

Cynthia sulki oven ja hän katsoi ympärilleen huoneessa riisuttuaan kenkänsä.

"Kaunis paikka", hän sanoi jatkaessaan huoneen tutkimista.

"Kiitos. Olen asunut täällä melkein neljä vuotta kämppäkaverini kanssa. Teimme parhaamme."

"Oletko kertonut tästä kämppäkaverille?"

"Ei. Jumalan tähden, ei. En ole kertonut kenellekään. Enkä koskaan kerro."

"Minun pitäisi jatkaa sitä", hän nyökkäsi. "Näytät upealta tuossa mekossa. Olet kuin lahja, joka odottaa avaamista."

"Kiitos", hän vastasi hermostuneena. "Voisinko saada jotain juotavaa?"

"Olen kunnossa. Haittaako sinua, jos istumme alas ja puhumme?"

"Tietysti."

He molemmat istuivat olohuoneen sohvalla.

"Minulla on sinulle lahja", hän sanoi.

Hän kurkoi ruskeaan pussiin ja ojensi Cynthialle kirjekuoren.

Hän avasi sen ja näki paperille kirjoitetun kirjeen, jossa oli yliopiston viralliset merkit ja arvonimet.

Hän selaili nopeasti sivua.

Se oli hehkuva suosituskirje professorilta, joka sanoi, että Cynthia oli epäilemättä älykkäin opiskelija, jonka hän on koskaan tavannut.

Hän myös ylisti hehkuvasti moraalista luonnettaan ja työmoraaliaan.

Siellä oli jopa pitkä lausunto Cynthian intohimosta naisten oikeuksia kohtaan.

"Minä... olen sanaton", hän onnistui sanomaan. "Tämä on upeaa. Se on parempi kuin mikään, mitä minulle olisi voitu kirjoittaa."

"Et todennäköisesti tarvitse sitä kirjettä. Olen jo puhunut vanhan ystäväni kanssa, joka työskentelee huipputason lakikoulussa. Hakemuksesi saa erityisarvioinnin."

"Mikä koulu?"

"Korkeampi taso. Tulet olemaan erittäin onnellinen siellä. Olen myös puhunut ihmisten kanssa mahdollisista stipendeistä. Kaikki järjestyy näinä päivinä."

Hän laittoi kätensä hänen rinnalleen.

"Et tiedä kuinka onnelliseksi tämä tekee minut. Tarkoitan, WOW. Tämä on enemmän kuin olisin koskaan voinut toivoa. Tämä tulee todella muuttamaan elämäni."

"En ole koskaan tehnyt niin paljon opiskelijalle. Teen tämän vain sinulle."

"En tiedä mitä sanoa".

"Sinun ei tarvitse sanoa mitään", hän sanoi ankarasti. "Jos haluat ilmaista kiitollisuutesi, riisu mekkosi."

Se oli rauhoittava hetki.

Hänen huoleton innostuksensa kohtasi todellisuuden, että ehtoja oli täytettävä.

Hän veti syvään henkeä ja nousi seisomaan.

Heidän katseensa olivat keskittyneet toisiinsa.

Hänen sormensa puristivat hänen sinisen mekkonsa pohjaa.

Sitten hän nosti mekkonsa päänsä yli paljastaakseen ohuet jalat, ajeltu pillua ja pirteät pienet rinnat vaaleanpunaisilla nänneillä.

Hän seisoi alasti hänen edessään yrittäen parhaansa pitääkseen rohkeat kasvot.

Hän yritti olla osoittamatta hermostuneisuuden tai jännityksen merkkejä.

Mutta hänen hieman vapisevat sormensa paljastivat hänen hermostuneisuutensa.

Ja hänen kovettuneet vaaleanpunaiset nännensä muuttuivat täysin jäykiksi, mikä osoitti hänen kiihottumistaan.

"Täydellistä", hän sanoi ja hänen silmänsä vaelsivat hänen päästä varpaisiin alastomuuden yli. "Olet näkemys täydellisyydestä."

"Kiitos."

"Olen varma, että mietit, mitä laukussa on. Näytät hermostuneelta. Älä huoli, en ole sadisti. Olen vain tavallinen mies, jolla on hyvin yleinen fantasia."

Hänen silmänsä vaelsivat edelleen hänen ruumiinsa jokaisen tuuman yli ihaillen hänen kauneuttaan.

"Mikä fantasia se on?" Hän kysyi aidosti uteliaana.

Hän nousi seisomaan ja käveli laukkuun.

Hän ajatteli hetken antaako lopullisen vastauksen Cynthian kysymykseen.

"Rakastan älykkäitä, itsenäisiä naisia. Joku sinun kaltainen. Törmäsin seksuaaliorjuuteen liittyvään kirjallisuuteen vuosia sitten ja tunsin oudolta vetoa siihen. Tunsin siitä suurta syyllisyyttä, koska olen aina ollut suuri naisten oikeuksien kannattaja." naiset, kuten sinä. Mutta se on vain seksuaalista fantasiaa, eikö? Kukaan ei loukkaannu. Ja kaikki nauttivat siitä. Etkö ole samaa mieltä?"

" Joo ".

"Se on hyvin yleinen fantasia. Ei ole häpeä nauttia siitä. Ei pitäisi olla."

Professori otti pussista mustan kaulakorun.

Se vaikutti eroottiselta, mutta pelottavalta.

Se tehtiin erityisesti seksuaalisia tarkoituksia varten.

"Mikä tuo on?" hän kysyi.

"Se on kaulakoru kaulaasi. Uskon, että se näyttää hyvältä päälläsi. Siinä lukee "lutka". Se on hauska nimi yhteiselle ajallemme."

"Oletko tehnyt tämän muiden naisten kanssa?"

"Ei. Minulla ei ole koskaan ollut rohkeutta. En ole koskaan ollut kovin rohkea."

"Sinulla on minun nyt."

Hän hymyili.

"Olet oikeassa. Sain sinut. Rentoudu nyt, kun laitan kauluksen päällesi."

Opettaja laittoi pussin sohvalle ja harjasi Cynthian hiukset.

Hän kietoi kaulakorun kaulansa ympärille ja alkoi kiristää sitä.

Hän varoitti jättämästä sitä liian tiukalle.

En halunnut hänen hukkuvan tai hukkuvan.

Hän halusi vain saada hänet tuntemaan olonsa hieman epämukavaksi, ja teki sen.

Kun hän astui taaksepäin, Cynthia oli alasti, lukuun ottamatta kaulakorua, jossa oli sana WHOORE, joka oli asetettu hänen kurkkunsa etupuolelle.

"Katso peiliin", hän sanoi.

Cynthia käveli olohuoneen peilin luo, joka oli aivan etuoven vieressä.

Hän katsoi hänen alastomia vartaloaan.

Hän katsoi kaulansa ympärillä olevaa kaulusta, joka merkitsi hänet huoraksi.

Se oli vastoin kaikkia hänen puolustamiaan periaatteita.

Hän tunsi häpeää itseään.

Mutta samaan aikaan hän tunsi olevansa hyvin innoissaan.

Kukaan ei voi tietää tästä mitään.

Ei koskaan.

"Mitä mieltä sinä olet?" Hän kysyi seisoen hänen takanaan köysi käsissään.

"Se on provosoiva näky."

"On. Laita nyt kätesi yhteen. Aion sitoa sinut."

Cynthia laittoi kätensä yhteen ja professori sitoi hänen ranteensa pehmeällä mustalla köydellä seisoessaan vielä hänen takanaan.

Ei kestänyt kauan.

Hetkessä heidän kätensä liittyivät yhteen.

"Mitä nyt?" Hän kysyi häneltä.

Hän käveli huolimattomasti takaisin katsoessaan häntä.

Hän seisoi keskellä huonetta ja katsoi häntä suoraan silmiin.

"Nyt haluan sinun imevän kukkoani. Olen varma, että olet erittäin hyvä siinä. Haluan sinun olevan tottelevainen seksikissanpentu ja näytät minulle kuinka hyvin osaat imeä."

Cynthia käveli häntä kohti kädet sidottuna.

Hän oli paljon häntä pitempi.

Lyhyen katsekontaktin jälkeen hän polvistui ja alkoi avata housujaan hänen sidotuilla käsillään.

Hän veti hänen housunsa alas hänen nilkoihinsa paljastaakseen puoliksi pystyssä olevan peniksen.

Hän katsoi häntä hetken.

Se oli hieman suurempi kuin hänen poikaystävänsä.

Hän piti sitä kädessään ja silitti sitä hetken ennen kuin pysähtyi ajattelemaan.

Hän epäröi.

"Haluan sinun tietävän, että en yleensä tee tätä", hän sanoi harkinnan jälkeen. "Olen tehnyt tällaista vain parisuhteissa. Olen aina vastustanut sitä, että naiset käyttävät kehoaan tai seksuaalisuuttaan saadakseen haluamansa."

"Juuri siksi haluan kukkoni suuhusi."

Kommentti loukkasi häntä hieman.

Mutta se lähetti silti pistelyn hänen jalkojensa väliin.

Hän kumartui imemään hänen kukkoaan.

Hän oli aina rakastanut kaikkien poikaystäviensä kalujen imemistä.

Siitä hän oli nauttinut siitä lähtien, kun hän teki sen ensimmäisen kerran.

Siitä oli tullut hänelle erittäin jännittävä seksuaalinen kokemus.

Eikä koskaan ollut valittamista.

Hän oli aina saanut ylistäviä arvioita suuseksin taidoistaan.

Huulet kiedottuna kukon ympärille, hän pudisti päätään imeessään.

Hänen sidotut ranteensa rajoittivat hänen kätensä liikettä.

Hänen kielensä pyöri pään ja kalunsa ympärillä.

Hän katsoi ylös yläpuolellaan olevaan opettajaan jatkaessaan imemistä.

He ottivat katsekontaktin, mikä oli hieman jännittävää ja osittain nöyryyttävää.

Hän katsoi pois, kun hän alkoi ottaa hänen kukkonsa syvemmälle suuhunsa.

Sitten hän imi jokaisen hänen pallonsa.

"Olet loistava tässä", hän voihki. "Tiesin, että olisit. Sinulla on täydelliset huulet tähän."

"Kiitos", hän kuiskasi vedettyään hetkeksi kukkonsa hänen suustaan.

Hän palasi töihin toivoen saavansa hänet parantumaan mahdollisimman nopeasti.

Mitä enemmän hän yritti imeä hänen kukkoaan, sitä enemmän hänestä oli tullut tässä prosessissa.

Hänen ei tarvinnut koskea hänen pilluaan ymmärtääkseen, että hän oli märkä jalkojensa välissä.

"Se riittää toistaiseksi", hän sanoi. "Haluan sinun kumartuvan ruokapöydän yli. Vatsallasi. Harrastamme seksiä hetken kuluttua."

Hän katsoi häntä hämmästyneenä.

"Sopimuksemme koski suihintoja. Siinä kaikki."

"Tarjouksia voi aina parantaa."

"Ole kiltti. Lupasin juuri antaa sinulle suihin."

"Kosketa itseäsi jalkojen välistä. Kehosi tietää mitä se haluaa. Jos olet kuiva , tulen ulos ja annan sinulle kaiken, mitä haluat. Jos olet märkä, meillä on vielä tehtävää."

Opettaja oli sinnikäs.

Cynthia tiesi, että se oli järkevää.

Hänen sydämensä halusi sitä.

Hänen pillunsa halusi sen.

Ei ollut mitään järkeä taistella.

Mitä tahansa teet sen kanssa, se tuntuu hyvältä.

Hän aikoo tehdä hänestä cum taas.

Joten miksi kieltäytyä?

Hän nousi seisomaan ja käveli kohti ruokapöytää, joka oli vain muutaman metrin päässä.

Hän kumartui ja asetti kätensä, kasvonsa, rinnansa ja vatsansa pöydälle.

Pöydästä, jossa hän oli jakanut lukemattomia aterioita parhaan ystävänsä kanssa, oli yhtäkkiä tullut seksuaalisen tyydytyksen paikka.

Hän mietti, mitä hän tekisi seuraavaksi, mutta hänellä ei ollut aavistustakaan.

Hän ei tiennyt mitä odottaa.

Hän kuuli pussin sekoittumisen, kun professori tutki.

Professori sitoi sidotut kätensä pöydän jalkoihin mustalla köydellä.

Cynthian ranteet olivat täysin rajoittuneet, eikä hän voinut liikuttaa käsiään.

Professori sitoi myös heidän jokaisen nilkkansa pöydän pohjaan.

Cynthian jalat levisivät, ja hänen pillunsa ja peräaukkonsa levisivät auki.

"Tiedätkö mikä on vitsaus?" kysyi.

"Kyllä", hän vastasi hermostuneena.

"Aion käyttää sitä sinuun. Älä huoli. En aio satuttaa sinua. Se saattaa satuttaa hieman. Kerro minulle, jos se on liikaa."

Cynthia puristi köyttä tiukasti, kun ruoska osui hänen pakaraan.

Toinen isku oli voimakkaampi.

Hän muisti viimeisen piiskauksen tunteen aivan liian hyvin.

Se oli tunne, jota hän ei koskaan unohtaisi.

Mutta ruoskiminen oli paljon voimakkaampaa kuin lapio.

Jokainen ruoskimisen pää lähetti pistelyn tunteen hänen pillunsa ja selkärangan läpi.

Kumpikin siimapää kiihotti häntä seksuaalisesti.

Ruoskiminen siirtyi hänen yläselkään.

Napsautus oli kovaa hänen korvansa vieressä.

Se pisti.

Hän alkoi valittaa joka kerta, kun häneen osui.

Kipu muuttui yhä akuutimmaksi.

Mutta niin teki ilo.

Siitä tuli voimakas ja täydellinen yhdistelmä.

Hän nyökkäsi kovasti hänen selkäänsä ja hänen pillunsa kastui.

Hän voihki äänekkäästi jokaisella vedolla.

Kun hänen selkänsä muuttui punaiseksi, hän suuntasi piiskansa huomion alaspäin osumalla hänen reisiensä takaosaan.

Alue oli niin herkkä, että se melkein sai hänet huutamaan.

Cynthia tarttui köyteen tiukemmin toivoen lievittävänsä kipua.

Ruoskiminen siirtyi Cynthian jokaiseen pakaraan.

Se oli paikka, joka antoi hänelle eniten iloa.

jokainen pää osui häneen kovasti ja teki hänestä kiivaisemman.

Ruoskiminen lakkasi armolliseksi hetkeksi, ja professori työnsi kaksi sormeaan hänen pillunsa sisään.

"Jumalani", hän sanoi. "Olet kuin hana. Köyhä."

"Minun... täytyy cum."

Hän hymyili.

"Muutaman hetken kuluttua, rakas. Meidän on ensin saatava esipelimme päätökseen."

Professori palasi ruoskimisasentoonsa ja löi Cynthiaa hellästi pakaroiden väliin.

Hän voihki , kun piiskan päät osuivat suoraan pillunsa ja peräaukon erittäin herkkää ihoa vasten.

Hän antoi hänen tottua kipuun hetken ennen kuin lähetti uuden iskun hänen suuntaansa.

Hän jatkoi pillua ja peräaukkoa piiskaamista.

Hän laski piiskansa ja löi avoimella kädellä naisen herkkää seksuaalista aluetta.

Piikki oli aluksi lempeää.

Mutta sitten hän lisäsi voimaa jokaisella piiskalla.

Hän varmisti jopa piiskaavansa hänen turvonnutta klitistään, mikä sai hänet voihkimaan kuin huora.

Hänen kätensä kostui Cynthian pilluista jokaisen piiskauksen jälkeen.

"Luulen, että olet valmis. Haluatko cum nyt?"

"Kyllä", hän voihki.

"Olet ollut hyvä tyttö. On siis reilua, että saan sinut tekemään sen."

Hän kurkotti taas pussiin.

Cynthia ei nähnyt, mitä professori etsi.

Kuulin vain osakemarkkinoiden melun.

Sitten hän tunsi hänen sormensa levittävän huuliaan, kun hän työnsi esineen.

Se oli seksilelu.

Sileä ja täydellisesti muotoiltu.

Se liukui helposti hänen pilluansa pienen koonsa vuoksi, mikä pettyi häntä hieman.

Hän tarvitsi jotain suurempaa.

Seksiobjekti vetäytyi pillusta, mikä tuotti hänelle jälleen pettymyksen.

Kun esine painui peräaukon ulkorengasta vasten, hän tajusi, mitä oli tapahtumassa.

Opettaja työnsi esineen pilluansa vain voitelemaan sitä.

Seksiesine oli tarkoitettu hänen perseeseensä.

Hän varautui, kun pieni seksilelu työnnettiin hitaasti hänen peräaukkoonsa.

Se läpäisi tiukan renkaan ja meni hänen peräsuoleen.

Professori vietti aikaa ja teki asioita hitaasti, haluttamatta satuttaa häntä.

Ja hän nautti venytyksen tuntemuksista.

Pian hän unohti ruoskimisen aiheuttaman kivun.

Seksilelun lievä kipu perseessä oli paljon voimakkaampi ja jännittävämpi.

Kun pieni seksilelu oli hänen peppunsa sisällä, opettaja jätti sen sinne stimulaatioksi .

Sitten hiljaisessa huoneessa kaikui paketin avaamisen ääni.

"Mitä sinä teet?" Cynthia kysyi kasvot edelleen alaspäin.

"Pistän kondomin päähän. Aion naida pilluasi, koska olet lutka."

Nämä sanat lähettivät pistelyä pitkin hänen selkärankaa ja jännitystä hänen pilluansa.

Vaikka hänen nilkkansa olivat sidotut, hän yritti parhaansa mukaan levittää jalkojaan pidemmälle.

Hän halusi tulla naituksi.

Hän halusi tulla käytettäväksi kuin lihapalaa.

Hän tiesi, ettei opettaja pettäisi häntä.

Hän tarttui hänen lantioonsa tiukasti ja painoi kovaa kaluaan tämän huulia vasten.

Hän työnsi kevyesti ja astui sisään.

Se oli helppo päästä sisään, koska hän oli levinnyt ja kiihtynyt syvästi.

Cynthian pillu oli kuuma halu.

Professori nautti opiskelijansa pillua.

Sitten hän työnsi sisään kokonaan, jolloin Cynthia painaisi kasvonsa pöytään ja haukkoi henkeä.

Professori asetti molemmat kädet Cynthian harteille ja veti hänet ylös.

Hän liikutti hitaasti lantiotaan, vitun häntä.

Cynthia voihki joka kerta, kun hän työnsi kukkonsa hänen kehoonsa.

Kädet sidottuna hän puristi kovasti vetäessään köyttä.

Hänen herkkä pillunsa sai kovan vitun ja hänen valituksensa tuli kovempaa.

Hän silitti hänen hiuksiaan yhdellä kädellä varmistaen, että ne olivat hänen selän takana.

Sitten hän kurkotti alas samalla kädellä hyväilläkseen yhtä hänen pienistä tissistä puristaen turvonnutta vaaleanpunaista nänniä.

"Oletko huorani?" Hän kysyi turmeltuneella äänellä.

"Joo."

"Sano se."

"Olen huorasi", hän voihki. "Sinä likainen huora."

Hän jatkoi naimista vielä kovemmin.

Hän jatkoi hänen olkapäänsä puristamista toisella kädellä ja tissän taivuttamista toisella kädellään.

"Etkö ole feministi kanssani?"

"Ei."

"Mikä sinä olet?" kysyi.

"Olen huorasi", hän voihki. "Minua pitää kohdella näin."

Hän nai häntä vielä kovemmin.

Hänen kuuma sukupuolensa teki kovaa smacking ääniä hänen haara lyödä hänen pehmeä perse joka kerta, kun hän antoi työntövoiman.

Hänen valituksensa muuttuivat epäsäännöllisiksi hengitysääniksi, kun hän alkoi menettää kehonsa aistien hallinnan.

Hän päästi irti.

Hän antoi kehonsa kokonaan professorille.

Kaikki hän oli hänen.

Hän käytti molempia käsiä hyväillen hänen tissään ja puristaa hänen nännejään lujasti, mikä sai hänet haukkomaan kivusta.

Hän puristi niitä kovemmin, jolloin hän henkäisi hieman enemmän.

"Minun... täytyy cum..." hän sanoi heikosti.

"Sano se kovemmin!"

"Minun täytyy cum! Ole hyvä!"

Hän tiesi tarkalleen mitä tehdä.

Opettaja laski kätensä alas.

Yksi tukemaan lantiota.

Toinen kurotti alas hyväillen klitoristaan.

Cynthia voihki sillä hetkellä, kun hän hieroi hänen klilisiään pyörivin liikkein.

Sillä hetkellä Cynthiaa stimuloi hänen pillunsa naiminen, seksilelu perseessä ja sormi leikkimällä klitillä.

Hän huusi äänekkäästi välittämättä siitä, kuulisivatko naapurit hänet.

Luultavasti tekivät.

Kuka tahansa kuunteli, olisi luultavasti innoissaan.

Hän ei välittänyt.

Cynthia huusi ja hänen sormensa käpristyivät.

Hänen kätensä ja jalkansa vetivät köyttä kaikin voimin, mutta turhaan.

Hänen alaselänsä yritti kaareutua, mutta pito oli liian vahva.

Hänen kasvonsa vääntyivät ilosta.

Hänen silmänsä laajenivat.

Hän tuli.

Voimakkaasti.

Nesteitä oli kaikkialla.

Hänen pienestä pillusta oli tullut seksikukko.

Professori lähestyi orgasmiaan.

Jopa silloin, kun Cynthian ruumis oli veltto ja energiasta tyhjentynyt, hän jatkoi hänen liotetun pillun naimista, kunnes hän oli tyytyväinen.

Hän ampui suuria määriä siittiöitä käyttämäänsä kondomiin.

Hän murahti, ja sitten hänen työntönsä pysähtyivät ennen kuin hän makasi Cynthian selälleen lepäämään.

He olivat molemmat täysin hikinen sotku, kun seksi oli ohi.

Hän suuteli jatkuvasti hänen päänsä takana olevia hiuksia.

"Sinä olet jumalatar", hän murisi hengästyneenä. "Todellinen jumalatar. Olet tehnyt miehen täysin onnelliseksi."

Cynthia oli edelleen väsynyt ja hengitti vaikeasti.

"Ja vaimosi ei tee sitä?" Hän sanoi huokaisten.

"Ja poikaystäväsi?" Hän sanoi yhtä hyvin huokaisten.

He molemmat nauroivat.

"Avaa minut", hän onnistui puhumaan jälleen pehmeästi hengittäen kevyesti.

Opettaja veti veltto, kondomilla peitetyn kukkonsa ulos pillusta ja alkoi irrottaa häntä.

Kun hän oli vapaa, Cynthia makasi lattialla omissa emätinnesteissään.

Professori istui hänen vieressään ja silitti hänen pehmeitä hiuksiaan.

"Annan sinulle mitä haluat. Teen parhaani. Olet upea."

Hän katsoi häntä.

"Sinä myös. En ole koskaan... koskaan tullut sellaiseksi ennen."

"Meillä on vielä muutama päivä aikaa olla yhdessä. Aion ottaa niistä kaiken irti. Muutaman seuraavan päivän ajan olet minun likainen pieni seksikissani. Sitten voit mennä kotiin perheesi ja poikaystäväsi luo ja nauttia levosta. ."

Hän hymyili.

" Nautin jo tauostani."

Sen jälkeen Cynthia lepäsi päänsä professorin syliin.

Hän poisti märän kondomin.

Hän otti veltostuneen peniksen suuhunsa ja imi ulos loput kumista.

Professori huokaisi.

ERITTÄIN YMMÄRTÄVÄINEN LÄÄKÄRI

"Lääkäri näkee sinut heti, herra; istukaa vain, olkaa hyvä."

Andrew nyökkäsi kävellessään tutkimuspöydän luo ja istuutuessaan.

Pehmopaperilaskos täytti paaripöydän.

Hän kääri paitansa hihan alas, kun hoitaja sulki oven perässään huokaisten.

Häneltä oli kulunut paljon vakuuttaakseen itsensä menevän lääkäriin tästä, mutta lopulta hän oli saanut tarpeekseen ja oli kyllästynyt.

Puhumattakaan siitä, että hän oli turhautunut omaan kehoonsa.

Tuntui ikuisuudelta, ennen kuin ovi avautui uudelleen, mutta kun nuori nainen vihdoin astui sisään ja mursi Andrew'n vaeltavat ajatukset, hän päätti, että se oli odottamisen arvoista.

"Hei, herra Harrison, olen pahoillani odotuksesta. Minulla on ollut paljon potilaita, joita minun on täytynyt nähdä tänään."

Lääkäri meni pöytänsä luo ja otti salkun, jonka hoitaja oli jättänyt siihen muistiinpanoineen, joita hän oli tehnyt käyntini tarkoitusta koskevien kysymysten jälkeen.

"Epäilemättä he kaikki ovat löytäneet syyn tulla tapaamaan sinua, tohtori, tiedän, että haluaisin varmasti!"

Hänen silmänsä, kauniin sinisen sävyinen, jossa tuntui siltä, että voisit mennä uimaan, nousivat leikepöydältäsi kohtaamaan sinun.

Hymy ilmestyi hänen huultensa reunoilla.

Erittäin hyvin muotoillut huulet.

"Yritätkö kertoa minulle, että tulit tänne tänään tuhlaamaan aikaani, herra Harrison?"

Hän naurahti.

"Kaukana siitä, valitettavasti, tohtori Martínez. Pelkään, että minulla on todella todellinen ongelma, vaikka olet ensimmäinen henkilö, jonka olen tullut näkemään sen suhteen."

Hän katsoi alas leikepöydälleen.

Kun hän istui pienen pöydän ääressä lukemassa, katselin hänen ristissä jalkansa.

Hän oli melko lyhyt latinalaisnainen, mutta hänen paljaat jalkansa lääkäripukunsa alla näyttivät kestävän kilometrejä.

Andrew huomasi toivovansa, ettei kynähame päätyisi juuri hänen polvien yläpuolelle.

"Tässä lukee, että kieltäydyitte puhumasta sairaanhoitajalle vierailunne tarkasta luonteesta, herra Harrison, joten... puhu minulle nopeasti, ennen kuin voit jatkaa."

Andrew'n olkapäät painuivat hieman, kun he toivoivat saavansa tämän naisen hieman yksityisempään keskusteluun ennen kuin tämä keskeytti hänen ajatuksensa vierailunsa tarkoituksella.

Mutta... hän luuli, että hänen täytyi varmistaa, ettei hän ollut vain luulotauti, joka oli lukenut liikaa jostain aiheesta Internetissä.

"Minä... no, näyttää siltä, että minulla on joitain... jatkuvia ja jatkuvia ongelmia makuuhuoneessa."

Hän kaareutui yhtä täydellisistä tummista kulmakarvoistaan, eikä hän voinut kiistää, että tämä sai hänestä hieman jännitystä, kun hänen silmänsä pyyhkäisivät hänen yllään juonittelusta.

"Näytät suhteellisen nuorelta mieheltä... no, erinomaisessa fyysisessä kunnossa, herra Harrison. Kerro minulle ennen kuin käsittelen tarkemmin ongelmistasi. Miksi päätit tulla tänne? Se näyttää uudelta oireelta Tiedän, että minulla ei ole koskaan ollut "Kukaan ei ole tullut tänne ennen tämän ongelman kanssa, joten kuka suositteli sinua minulle?"

No, rehellisesti sanottuna, tohtori, en yleensä käy lääkärissä. "Minun ei todellakaan tarvitse, ja itse asiassa tämän ongelman vuoksi minä... En todellakaan tunne oloni mukavaksi mennä lääkäriin puhumaan tällaisista asioista."

Hän hymyili täysin, tällä kertaa.

Hän asetti leikepöydän pöydälle, kun hän kääntyi suoraan häntä päin ja puristi kätensä tämän polven ympärille.

"Kaksi asiaa, herra Harrison. Ensinnäkin, kutsu minua neiti Martineziksi tai Rosaksi. Toiseksi, mielestäni meidän on parempi perustaa lähtökohta nyt: Sinun täytyy olla täysin rehellinen ja suora, okei? Näyttää siltä, että tämä on herkkä tilanne sinulle , "Joten mielestäni on tärkeää, että suhtaudumme tähän vakavasti ja ennakkoluulottomasti, koska aiomme syventää joitain melko henkilökohtaisia syitä. Eikö se ole oikein?"

"Ehdottomasti, Rosa. Ja kutsu minua Andrewksi, kiitos."

Hän nyökkäsi.

"Okei, Andrew. Kerro, mistä tarkalleen ongelmista puhut ? Ennenaikainen siemensyöksy? Erektiovaikeuksia?"

Andrew tunsi poskensa täyttyvän kuumuudesta, hän ryömi hieman paareilla jättäen paperin kahinaa ja vastasi:

"No, minulla ei ole koskaan ennen ollut mitään ongelmia, ei edes ensimmäistä kertaa. Mutta... Minun on varmaan vaikea saada ja pysyä kovana. Tärkeää on, että en ole saanut orgasmia yli vuoteen. " "

"Jumala, kokonainen vuosi; luulen kuolisin, jos minulle kävisi niin. Onko sinulla aavistustakaan, miksi tämä on voinut alkaa tapahtua? Onko elämässäsi tapahtunut muutoksia tai huonoja asioita, huonoja kokemuksia rakastajan kanssa "Menetys kiinnostunut vaimosi?"

"Voi, minulla ei ole ollut mitään ongelmia vaimoni tai rakastajattareiden kanssa."

Rosa hymyili, mutta viittasi rohkaisevasti, että hän jatkaisi, kun hän pysähtyi ajattelemaan.

"En todellakaan osaa ajatella mitään. Olen elänyt samassa tilanteessa useita vuosia. Menin naimisiin jokin aika sitten, eikä minulla ole pariin vuoteen ole ollut uusia rakastajia."

"Voisitko sanoa, että sinulla on normaalisti aktiivista seksielämää? Vai onko jokin muuttunut sen jälkeen, kun tämä alkoi tapahtua?"

Andrew kohautti olkiaan.

"Tilanne on varmasti muuttunut sen jälkeen, kun tämä alkoi tapahtua. Tarkoitan, että minulla on ystäviä, joiden kanssa pidän seksistä, koska meillä on keskinäinen ymmärrys. Vaimoni ei ole koskenut minuun vähään aikaan, joten ei ole ollut paljon. silloin tällöin tapaan naisen baarissa, mikä saattaa tuntua siltä, että siellä oli enemmän kuin ystävyys, mutta lopulta kukaan, joka vain... ei saa kovettumattomuuden ongelmaa katoamaan, luulisin."

"Ja nämä ystäväsi, tietävätkö ne tytöt, joiden kanssa joudut suhteeseen, että sinulla on muita ystäviä? Että sinulla on vaimo? Onko heillä se? Vai pidätkö sen salassa?"

Andrew pudisti päätään.

Rosa kumartui eteenpäin puhuessaan, ja hän huomasi, että vaikka hänen toppinsa ei ollut lyhyt, nappien välissä näytti olevan leveät raot.

Stetoskooppi, jonka hän oli asettanut kaulaansa, jäi kiinni yhteen niistä ja näytti tarjoavan pienen näkymän jotain purppuraa sen alla, kun hän muutti asentoaan ja veti kankaasta.

"Jos olen sopimussuhteessa, minun ei tarvitse valehdella heille. En salaa mitään, jos he kysyvät minulta. Varmistan, että on selvää, että muut tytöt ovat myös ystäviäni ja että olen naimisissa, jos ovat kiinnostuneita. Ja on myös käynyt ilmi, että on ystäviä, joille minun on sanottava, että hän pitää seksistä paljon. Mutta jos joku haluaisi siirtyä kohti yksinoikeutta, niin tietysti puhuisin hänen kanssaan, jotta hän ei Jatka sen tekemistä. Muuten suhde katkeaisi. Reaktiot ovat... ristiriitaisia, mutta usein että "Se kertoo minulle paljon enemmän siitä tytöstä kuin mikään muu voisi kertoa minulle."

"Hmm. Ja sanoisitko, että et voisi koskaan lopettaa seksiä näiden ystävien kanssa?"

"He ovat ystäviäni. Seurustelin kerran tytön kanssa, jossa etenimme siihen pisteeseen, mutta lakkasin näkemästä häntä, koska hän ajatteli minun olevan yksinoikeus hänelle."

"Miten se tapahtui?"

"Hän ilmeisesti unohti sen pienen yksityiskohdan, josta olimme sopineet."

"Ymmärrän. Kerro minulle; sanoisitko olevasi polyamorinen vai onko sinulla polyamorisia taipumuksia?"

Andrew rypisti kulmiaan hieman hämmentyneenä siitä, miten tämä liittyy hänen ongelmaansa, mutta halukas käsittelemään sen.

"Sanoisin, että olen avoin sille, ilman että sitä välttämättä tarvitsee. Minusta tuntuu, että niin kauan kuin pari on avoin ja rehellinen sille, mitä he haluavat ja odottavat toistensa käytökseltä, seksin pitäisi olla mitä he haluavat sen olevan. niitä."

"Ja eksklusiivinen?"

"Toki voi olla. Heidän välillään, mutta avoin kokemuksille muiden kanssa, molemmat yhdessä tai erikseen, kunhan molemmat ovat rehellisiä ja samaa mieltä. Olen varmasti ollut suhteissa, joissa jaamme kukin hänen ystävänsä ja niin edelleen. Kuten mainitsin, myös päinvastoin, yksinoikeus."

"Mutta vain yksi?"

"Toisetkin halusivat mennä yksinoikeuteen heti, mutta... se näyttää minusta typerältä."

Andrew kohautti olkiaan, mutta Rosa rypisti kulmiaan.

"Miksi niin?"

"No, esimerkiksi sinun kanssasi. Jos alkaisimme tavata toisiamme. En tunne sinua, mutta pidän sinua varmasti viehättävänä. Jos alamme seurustella, luulisin sinunkin pitävän minua viehättävänä; niin mitä vikaa on nauttia jokaisesta muut seksuaalisesti ilman yksinoikeutta, jos olemme vastuussa?

"Mitä eroa on seurustelulla ja ystävillä, joilla on etuja?"

"Seurustelun koko tarkoitus on löytää joku, jonka kanssa haluat jakaa elämäsi, eikö? Ihannetapauksessa pitkäksi aikaa, ellei ikuisesti, kun on kyse avioliitosta. Ystävät... saatat pitää heistä tai nauttia seksistä toistensa kanssa, mutta he ovat havainneet, yhdessä tai erikseen, että he eivät toimi hyvin parina. Pitkällä aikavälillä tai päivittäisessä liitossa. Mutta se ei tarkoita, etteivätkö he voisi harrastaa hyvää seksiä ja saamaan toisilleen hyvää oloa. muut".

Rosa naurahti.

"Rehellisesti sanottuna, se on melko terve näkökulma. Toivon, että minulla olisi elämässäni ystäviä, joilla on etuja, kuten sinulla, koska minun on viime aikoina purettava stressiä paljon."

Rosa nousi istumaan, melkein kuin olisi aloittanut ammattimaisen käytöksen.

"Ahem. Joka tapauksessa, okei; niin... ei ole ollut tapahtumia, seksuaalisia, ammatillisia tai henkilökohtaisia, jotka olisivat... lannistaneet tai lisänneet paljon stressiä tai jotain?"

"Ei sillä, että voisin ajatella."

"Ja sinä et voi päästä eroon edes masturboinnista? Tai seksistä joidenkin näiden ystäviesi kanssa, joiden kanssa sinulla ei ole koskaan ollut ongelmia?"

"Ei, ei ollenkaan. Eikä minullakaan ole koskaan ollut vaikeuksia päästä pois. Tämä on todella turhauttavaa."

"Ja sanot, että sinulla on vaikeuksia saada ja säilyttää erektio."

"Kyllä, tarkoitan, että innostun, tulen jäykiksi, mutta silti vähän hmm... löysä, jos haluat ilmaista sen niin. Se vaikeuttaa tunkeutumista, tiedätkö? Ja suoraan sanottuna , koska olemme sanoneet, että meistä tulee, pari ystävääni todella rakastaa sitä, että saan vain päähäni, osittain siitä syystä, että meistä tuli niin hyviä ystäviä, ja olemme TODELLA hyviä siinä. Mutta silti . Voin päästä lähemmäksi niitä, luultavasti lähemmäksi kuin mitään muuta, kuin edes omilla käsilläni, mutta en voi huipentua."

"Eivätkö he myöskään voi kovettaa sinua täysin?"

Andrew pudisti päätään.

Rosa rypisti kulmiaan, huulensa puristuksissa ajatuksissaan.

Hän rummutti sormensa hänen polveaan vasten, ja Andrewilla oli vaikeuksia olla fantasioimatta siitä, miltä tuntuisi, että huulet hänen kalunsa ympärillä.

Hän oli kytketty päälle heti, kun hän oli tullut sisään, mutta hän tunsi itse asiassa hänen kalunsa jäykistyvän joka kerta, kun hän katsoi takaisin tuohon kätevään pieneen aukkoon hänen paidassa.

Yhtäkkiä hän nousi seisomaan.

"No, Andrew, luulen, että meidän täytyy tehdä fyysinen koe varmistaaksemme, että suljemme pois tietyt asiat. Haluaisitko olla alasti?"

Andrew ojensi heti kätensä aloittaakseen paitansa napin avaamisen.

"No, yleensä, Rosa, minä vaatisin ensin hyvää illallista, mutta sinulle..."

Rosa punastui hieman ja puri alahuultaan ja puri kätensä eteensä.

"Eh...yleensä potilas odottaa, kun lääkäri lähtee ulos, jotta hän voi riisua vaatteensa ja pukea ylleen lääkärin puvun. Sitten lääkäri koputtaa oveen ja palaa potilaan pyynnöstä."

Andrew kohautti olkiaan ja jatkoi paitansa napin avaamista paljastaakseen karvaisen rintansa.

"Mitä järkeä? Aiot tutkia sukuelimiäni, ja voit helposti nähdä minut ilman paitaa ulkona kuumana kesäpäivänä. Lisäksi sinulla on kiire, enkä välitä. En ole ujo. Ehdottomasti mitään, mitä et ole ennen nähnyt."

Rosa naurahti ja hänen silmänsä vaelsivat vaeltaakseen Andrew'n vartalon yli, kun tämä riisui paitansa.

"No, ehdottomasti mitään, mitä en ole ennen nähnyt, mutta... jos olet kunnossa, ei kai se ole ongelma. Ja tiedäthän, et ilmeisesti aio lopettaa joka tapauksessa."

Andrew nauroi, nousi seisomaan ja kumartui aloittaakseen housujensa napin avaamisen.

"Hei, ei todellakaan näytä siltä, että sinäkään lähdet."

Hän hymyili hänelle pudistaessaan päätään ja perääntyen hieman, kun hän astui koepöydän askelmasta seisomaan lattialle.

Andrew'n housut osuivat lattiaan ja hän riisui ne ja katsoi häntä leikkisästi hymyillen, kun hän laittoi peukalot boksereidensa vyötärönauhaan.

"Pitäisikö sinun kohdata suuri paljastus vai käännytkö mieluummin ympäri ja katsot myöhemmin?"

Hän nauroi ja palautti hänen leikkisän ilmeensä, ja hänen kätensä tarttuivat hänen stetoskooppiinsa.

"Katso vain minua päin; en ole varma, etten voi vastustaa lyömistä perseeseesi, jos käännyt ympäri."

"No siinä tapauksessa..."

Andrew kääntyi nopeasti ympäri ja kumartui, kun hän veti alas bokserejaan, heilutti nyt paljaana peppuaan Rosan suuntaan ja käänsi päätään katsoakseen häntä olkapäänsä yli.

Hänen käsinsä peitti suunsa ja nauroi pehmeästi.

"Olet PAHA, Andrew Harrison. Se on erittäin sopimatonta käytöstä lääkärin ja potilaan suhteen!"

"En sano mitään, jos sinäkään et, Rosa Martínez."

Hän pyöräytti silmiään pudotessaan kätensä, mutta Andrew huomasi hänen silmänsä kulkevan ympäri hänen vartaloaan, kun hän kääntyi häntä kohti lepääen kätensä lantiollaan.

"Joten mitä nyt?"

Rosa katsoi alas terävästi ja kohotti kulmakarvojaan hymyillen.

"No, näyttää siltä, että sinulla ei ole nyt paljon vaikeuksia...!"

Andrew seurasi hänen katsettaan; Kukko oli jäykkä, se oli ilmeistä.

Rosa oli erittäin viehättävä nainen, ja hänellä oli hauskaa flirttailla hänen kanssaan.

"No, ruumis jäykistyy alasti ollessasi samassa huoneessa kuin sinä, Rosa; vaikka se ei ole sama asia kuin täysi erektio!"

Hän pyöräytti silmiään ja hymyili hieman, mutta näytti todella yrittävän jatkaa ammattimaisuuttaan.

Hän kurkotti ylös ottaakseen stetoskoopin pois, mutta kun hän teki niin, hänen puseronsa nappia putosi auki.

Andrew'n silmät suurenivat, kun hän kääntyi ympäri avatakseen laatikon.

"Nouse takaisin pöydälle, niin minä haen hanskat..."

Andrew teki niin kuin häntä pyydettiin, ja pohti, saisivatko avatut painikkeet paremman näkymän.

Ihaillessaan Rosan takapuolta, kun tämä käännettiin hänelle selkä, hänen mielensä ajautui useisiin surkeisiin skenaarioihin.

"No, tämä on epämukavaa."

Hän kääntyi pitämään toisessa kädessään sinistä lääketieteellistä käsinettä ja toisessa tyhjää laatikkoa.

"Minun täytyy mennä hakemaan uusi laatikko. Ehkä sinun pitäisi laittaa..."

"Pshh, kiitos! Sinulla on sellainen. Et tutki avoimia haavoja tai mitään invasiivista. En vuoda mitään mihinkään. Olen kunnossa, jos olet kunnossa."

Rosa pudisti päätään.

"Ei todellakaan, se rikkoo en edes tiedä kuinka monta sääntöä, ja suurin niistä on steriloinnin rikkominen ja..."

"Tohtori Rosa. Sinun täytyy tehdä fyysinen tarkastus alueelle varmistaaksesi, ettei siinä ole poikkeavuuksia, eikö? Ei ole niin, että nielet mitään tai sinulla on avoimia haavoja kädessäsi, eikö? Et myöskään aio laita sormesi mihin tahansa käteesi. minun".

Hän katsoi hänen silmiinsä.

"Saatat hyvinkin joutua tutkimaan eturauhasesi, rehellisesti sanottuna."

"No, sinulla on hansikas."

"Olisin voinut vain kävellä käytävää pitkin nappaakseni uuden laatikon ja tulla takaisin."

Andrew hymyili, kohotti kätensä, kohautti olkapäitään ja kallistaen päätään sivulle.

"Ja silti et..."

Tohtori Rosa pyöräytti silmiään ärtyneenä ja laittoi nopeasti käsineen vasemmalle käteensä pudistaen päätään hänelle.

Hän kuitenkin näki pienen hymyn huulillaan ja rypisteli silmiensä reunoja.

"Olet mahdoton! Avaa jalkasi, sir!"

Yrittäessään olla osoittamatta omaa odotustaan Andrew levitti välittömästi jalkansa antaakseen Rosalle mahdollisimman paljon pääsyä.

Hän taisteli olla huokaisematta ilosta, kun hän tunsi Rosan oikean käden lämpimän, pehmeän, paljaan lihan kiertyvän hänen jäsenensä ympärille, mitä seurasi hänen vasemman kätensä kylmä, kuiva hansikas kuplivan hänen pallojaan.

Hänen sormensa alkoivat tarkkailla hänen pituuttaan, kun hän käsitteli hänen pallosäkkiään, rypistyi keskittyessään ja näytti uskomattoman seksikkäältä nojaten hieman sisään.

Hänen silmänsä laajenivat, kun hänen paitansa putosi hieman paljastaen herkullisen, kermaisen pehmeän rinnan, jota peittivät purppuraiset röyhelöt rintaliivit.

Hän tunsi pulssinsa kiihtyvän, tunsi kalunsa nousevan jännityksestä ja jännityksestä sekä kosketuksesta että näkemisestä.

"En tunne mitään epänormaalia kolhua tai murtumia, joten se on hyvä. Itse asiassa voin todella... oi! No, sitten... joku varmasti vastaa yhtäkkiä kauheasti..."

Hän kohotti kasvonsa katsoakseen häntä, ja Andrew tunsi seksuaalisen halun ja jännityksen lisääntyvän jälleen.

Miltä tuntuisi upottaa kukkosi tuohon osittain avoimeen suuhun ja tuntea kielesi lahjakkuus innokkaalla kukkollasi?

Hän repäisi silmänsä hermostuneena, peläten, että hän näkisi niissä alastomaisen, raa'an himon.

"Minä... no, Rosa, uhmmm... rehellisesti sanottuna..."

Johtuiko se...aivoongelmasta, ei pelkästään kliinisestä tutkimustekniikasta, joka alkoi antaa sinulle tämän tunteen?

Andrew ei voinut olla varma.

Hän tunsi kuitenkin melkein ylivoimaisen halun alkaa työntyä hänen käteensä.

"Andrew, muista; sanoimme, että aiomme olla vilpittömiä ja rehellisiä toisillemme. Ei ennakkoluuloja."

Andrew kääntyi vastahakoisesti katsomaan häntä.

Hänen kasvonsa olivat rauhalliset, mutta... hänen silmissään näytti olevan kiiltoa.

Jollain... erityisellä tavalla hän puristi huuliaan.

Ennakointi?

Hänen käsiensä näkeminen hänessä, hänen kasvojensa lähellä hänen haaraansa.

Jos hän käänsi päätään, hän luultavasti tunsi hänen hengityksensä kosketuksen ihoaan vasten.

Näkymä hänen melko hämmästyttävän näköisistä rinnoista oli myös jotain mahtavaa.

Tapa, jolla hän alitajuisesti näki hänet tällä tavalla – tahattomasti, viattomasti, mutta selvästi intiiminä ja yksityisenä – oli huumaavaa.

Hän tunsi kukkonsa nykivän käsissään, hänen kiihottumisensa näytti menevän hallinnasta.

"Joten, rehellisesti, Rosa, siitä on pitkä, pitkä aika siitä, kun minulla on ollut selvästi älykäs, hauska, viehättävä ja yksinkertaisesti upea nainen, joka valloitti ja kiihotti minut helposti. Sinulla on kätesi kukkollani, ja minulla on uskomaton näkymä paidastasi, joka saa minut ymmärtämään, kuinka kauan on kulunut siitä, kun olen nähnyt niin suuren parin kauniita rintoja, ja suoraan sanottuna en muista milloin viimeksi olisin ollut niin kiimainen tai kuolisin villiin seksiin.

Rosan silmät laajenivat, ja hänen hansikkaat kätensä putosivat häntä kohti koskettaakseen tämän paidan mutkia, kun hän katsoi alas.

Hänen poskensa punosivat heti syvän, kirkkaan helakanpunaisen.

Hän katsoi häntä pureskelemalla alahuultaan, mutta hän huomasi, että hän ei poistanut paljaata kättään jäsenestään, kun hän laski hansikkaat kättään, yksinkertaisesti suuntaamalla silmänsä hänen kovaan kaluonsa ja sitten takaisin kasvoilleen.

Heidän katseensa kohtasivat.

Andrew huokaisi.

"Minä...en voi edes...minulla...olet kova kuin kivi. Sinulla ei ole mitään ongelmaa!"

"Ensimmäistä kertaa yli vuoteen. Kiitos sinulle. Lupaan, etten keksi tätä."

Rosan huulten äkillinen lämpö, kun ne kietoutuivat innokkaasti Andrew'n kukon turvonneen pään ympärille, sai heidät molemmat voihkimaan.

Andrew'n kädet tarttuivat koepöydän reunoihin, kun hän katseli Rosan suun laskeutuvan hänen kukkolleen.

Hän tunsi hänen pehmeän kielensä nuolevan, hierovan ja kiusaavan hänen erektionsa alaosaa, kun hän hengitti häntä suuhunsa.

Hän kehräsi hänen sykkivän kalunsa ympärillä, imeen häntä, kun hänen sormensa ottivat täysin erilaisen kosketuksen ja hyväilyn hänen palloillaan.

Hänen silmänsä polttivat voimakasta tarvetta, joka näytti heijastavan hänen omaansa, katsellen hänen reaktiota, kun hän alkoi miellyttää häntä.

Kun hänen päänsä alkoi liukua ylös ja alas hänen päällänsä.

Hän oli kiehtonut hänen teoistaan, hänen kipeän kalunsa rytmiset liikkeet ja raa'asta seksuaalisuudesta, jota hän tunsi hänen katseessaan, kun hän todisti hänen hänelle antamasta nautinnosta.

Ilo, jota hän ilmeisesti tunsi ollessaan sen lähde, oli sanoinkuvaamaton.

Hänen silmänsä ajautuivat hänen rintaliivit pukeutuneen dekolteensa lyhyisiin, järkyttäviin välähdyksiin.

Hän nyökkäsi pois hänestä, huohotti pehmeästi, katsoi avattuja painikkeita ennen kuin hymyili.

"Haluatko nähdä enemmän...?"

Hän nyökkäsi yrittäen olla huomaamatta sylkinauhaa, joka levisi hitaasti hänen märiltä huuliltaan hänen kukkonsa kimaltelevaan päähän.

Hän aukaisi puseroaan hänelle, antoi sen pudota lattialle takanaan ja kurkotti heti ylös avatakseen rintaliivien hakaset.

Hän katseli hänen reaktiota, kun hän poisti sen hitaasti kehostaan, hymyillen hänelle leikkisästi, kun hänen kauniit, vaaleat rinnansa vapautuivat vankeudesta.

Andrew voihki hiljaa nähdessään.

Epäröimättä hän ojensi kätensä kupatakseen hänen paljaan vasenta rintaansa.

Hän hyväili tohtori Rosa Martínezin lämmintä ja herkullisen pehmeää anatomiaa.

"Voi luoja... Rosa...!"

Hänen silmänsä kapenivat, väristys sai hänet värisemään häntä vastaan.

Hän kohotti kätensä ja asetti sormen hänen huulilleen.

"On kulunut pitkä aika siitä, kun joku mies kosketti minua näin... Olen ollut niin kiireinen, etten koskaan käy ulkona paljon...! Me... emme voi pitää liikaa melua..."

Hän suuteli hänen sormeaan, liu'utti kielensä sen kärjen yli ja imi sitä leikkisästi, hitaasti katsellessaan häntä.

Hän puristi hänen rintaansa kädessään ja sai tämän voihkimaan pehmeästi, kun hän mutisi:

"Tämän ei pitäisi olla... kaikki vain minusta. Haluan sinut, Rosa. Kaikki sinut. Ei vain suutasi, emme edes upeaa rintaasi. Voimme molemmat nauttia toisistamme, saada toisemme tuntemaan olonsa hyväksi. "

Hänen kasvonsa punosivat kiihotuksesta (hänen rinnassa oli jopa vaaleanpunainen sävy) ja hän tunsi nännin kovana ja ulkonevan kämmenään vasten.

Hän tunsi hänen kätensä liukuvan ylös hänen rintaansa ja takaisin alas nappaakseen hänen kukkonsa.

Tällä kertaa puristaen, hyvin tarkoituksella.

"Oletko puhdas...? Etkö olekin...?"

"Jos sinä?"

Hän vastasi ottamalla askeleen taaksepäin ja kurottaen kätensä tarttuakseen hameensa vetoketjuun .

Hän nuoli huuliaan katsoessaan hänen erektionsa heiluvan ilmassa.

Hänen hameensa liukui alas hänen jalkojaan vaivattomasti, minkä jälkeen seurasi silkkisen violetit pikkuhousut, jotka on leikattu imartelevasti.

Hänen kiihtyneisyytensä tuoksu oli voimakas, ja Andrew saattoi nähdä kimaltelevan kosteuden, joka kimmelsi Rosan sisäreiteillä, kirjaimellisesti koristaen itseään pitkin hänen pehmeitä huuliaan.

"En ole varma, voimmeko kestää kauan..."

Hän nauroi hiljaa nuoleen huuliaan istuessaan takaisin tutkimuspöydälle pehmopaperilaskoksen kanssa.

Rosa kiipesi portaalle liukuen toisen jalkansa hänen vartalonsa yli, kun hän asettui hänen päälleen ja hengitti innokkaasti.

Hän tarttui hänen kukkonsa (oliko hänen kätensä tärisevä?) Ja katsoi häntä.

Hän liu'utti kätensä hänen alastomansa pehmeyttä pitkin kunnioittavasti, kunnes ne asettuivat hänen lanteilleen.

Hän veti hänet lähemmäs, nojaten sykkivän kärjensä hänen märkää sisäänkäyntiä vasten, mutta ei mennyt pidemmälle.

"Et ole ainoa, Rosa. Toivon todellakin, että olet kunnossa sen kanssa. Ei puolueellisuutta, muistatko?"

He yrittivät voihkia hiljaa, kun hän liukui hänen päälleen.

Hänen ruumiinsa märkä lämpö kietoutui hänen ympärilleen mukavasti ja halasi hänen särkevää erektiota syvällä hänen syvyyksiensä sisällä.

Hän painoi päänsä taaksepäin, suu auki äänettömästi, kun hän otti hänet kokonaan.

Hän alkoi hieroa lantiotaan hänen vartaloaan vasten.

Hänen rintansa kohotti, kutsuen hänen kätensä kurottautumaan ja tarttumaan molempiin, puristaen hellästi, kun hän vapisi hänen alla.

Hänen tärisevä äänensä onnistui pysymään enimmäkseen matalana, kun hän reagoi.

"Ohhhh! Godsss...!"

Hän laski kätensä hänen rintaansa vasten, kun hän laski päänsä katsoakseen häntä nälkäisenä.

Hänen lantionsa alkoivat heilua, kun hän alkoi ratsastaa miehellä.

Andrew'n kädet liukuivat pitkin hänen ihoaan, hyväillen hänen vartalonsa sivuja, puristaen hänen lantiotaan ennen kuin ojensivat kätensä tarttumaan hänen kiinteään, kiinteiseen perseeseensä.

Hänen sormensa kiertyivät häntä vasten kaivautuen hänen lihaansa, kun hän veti häntä kovemmin itseään vasten, koko ajan hänen jalkojaan vasten omien työntöjensä liikkeisiin.

Hän huohotti hänen alla.

"Tuntuu... niin... hyvältä, Rosa... helvetin... hyvältä!"

Hän hymyili tyytymättömästi, mutta vain lisäsi vauhtiaan, vitun häntä epätoivoisesti, silmät puoliksi umpeen, kun hän murahti syvästä tyytyväisyydestä.

Paperi rypistyy Andrew'n alle, joka oli jo rikki hallinnasta reaktiona liikkeisiinsä.

Hän yritti olla liikuttamatta ylävartaloaan niin paljon, mutta jossain määrin hän ei välittänyt.

Hänen kukkonsa sykki innokkaasti Rosan tiukoissa rajoissa, täydellisestä kovuudesta, josta hän ei ollut voinut nauttia aivan liian pitkään.

Hän tunsi jokaisen liukkaan pillunsa aaltoilun hänen ratsastaessaan häntä .

Jokainen puristus ja vapina heidän sisäisten lihastensa, kun ne puhkesivat kuin kaksi eläintä.

Hänen pillunsa supistui yhä useammin.

Rosan energinen vauhti muuttui yhä kiihkeämmäksi, kunnes hän kuuli hengityksensa takertuvan.

Hän näki hänen selkärangan jännittyneen, kun hän kumartui takaisin, ja tunsi huipentumansa hänen kalussaan.

Hän ei kuitenkaan pysähtynyt ollenkaan.

Rosa jatkoi eteenpäin, puri alahuultaan, kun hän voihki iloaan suunsa kiinni.

Andrew tunsi pallonsa kiristyvän, hän tiesi, ettei kestäisi enää kauaa.

Ajatus siitä, että hän pehmenisi jälleen ja menettäisi kyvyn jatkaa tämän kauniin, seksikkään jumalattaren naimista, oli kamala, mutta hän ei voinut sille mitään.

Se tuntui liian hyvältä.

TÄMÄ tuntui liian hyvältä.

Hän liikutti toista kättään huohottaen, etsii heidän hikisten, törmäävien ruumiinsa välistä ja löysi hänen klisonsa hierovan sitä, kun hän nai sitä.

Rosan silmät laajenivat, hänen katseensa kohtasi jälleen hänen silmänsä, kun hänen suunsa avautui äänettömään huutoon.

Hänen pillunsa puristui hänen ympärilleen, jopa tiukemmin kuin ennen .

Täysin kykenemätön auttamaan itseään, Andrew tunsi orgasminsa, ensimmäisen yli vuoteen, tulevan hänen luokseen.

Kovat, paksut cum-suihkut räjähtivät Rosan pilluan ja saivat Andrewn voihkimaan hallitsemattomasti.

Kunnes Rosa, keskellä omaa nokkaansa, löi yhden kätensä hänen suunsa päälle yrittääkseen vaientaa hänet.

Hänen suunsa virnisti villisti, kun he vapisivat toisiaan vasten, yhtyneenä hurmioituneeseen.

Täydellisellä hemmottelulla toistensa kehon iloksi.

Hänen ruumiinsa väänteli hänen alla, ja hän teki parhaansa jauhaakseen häntä vastaan .

Kun hän jatkoi pumppaamista enemmän ja enemmän siittiöitä pilluaan, jonka hän innokkaasti hyväksyi.

Vuoden verran patoutunutta seksuaalista turhautumista räjähti lopulta Rosan ruumiiseen.

Jokainen purskahdus näytti rentouttavan Andrew'n lihasten jännityksen aivan uudelle tasolle, mikä jätti hänet kellumaan autuuden meressä ikään kuin hänet olisi huumattu.

Tukahduttaen naurun, kun hän lankesi hänen päälleen, hänen kätensä ahneesti hyväillen hänen vartaloaan, Rosa liikutti päätään hänen karvaisen rintakehän yli huohotellen katsoessaan häntä.

"En voi uskoa, että teimme sen...! Jumalauta, se oli paljon kummempaa..."

Andrew'n kädet kietoivat vaistomaisesti Rosan vartalon ympärille pitäen häntä lähellä, kun hänen kätensä hyväilivät hänen ihonsa pehmeyttä kunnioittavasti.

Hänen rintansa nousi ja laski nopeasti, kun hän yritti toipua.

Hymy murtui hänen kasvoilleen, kun hän katsoi häntä.

"Vuoden tai ainakin melkein. Ja minusta tuntuu, että minulla on vielä enemmän."

Hän kehräsi ihastuksesta ja sai hänen rintansa värisemään.

Andrew vannoi tuntevansa hänen kouristuksensa hänen pehmeän, hämmästyttävän jäykän kalunsa ympärillä, joka oli yhä hänen sisällään.

"En haluaisi muuta kuin lypsäisin sinua viimeistä pisaraa kehollani tai suullani, mutta mitä kauemmin olen täällä, sitä todennäköisemmin joku sairaanhoitajista tulee sisään... enkä VOI nostaa oikeusjuttua. hakenut minua vastaan laiminlyönnistä tai häirinnästä!"

Andrew kohotti kätensä kuppiakseen Rosan poskea, hänen huulensa löysivät hänen huulensa ja he suutelivat häntä hitaasti ja aistillisesti.

Hän sulki silmänsä nauttien hänen huultensa ja vartalonsa tunteesta.

Kuinka voit nauttia orgasmisen jälkeisestä stuporistaan niin uskomattoman naisen kanssa!

"Kiitos, Rosa. Se oli... uskomatonta. En voi sanoin kuvailla, kuinka hyvältä tuntui saada tuntea tältä uudestaan."

Rosan posket punosivat punaisiksi, kun hän puri alahuuliaan.

"Tarkoitatko todella sitä...?

"Etkö ole todella kokenut tai saavuttanut huippunsa viimeisen vuoden aikana?"

Andrew nauroi hieman hieroen edelleen peukaloaan hänen poskeaan vasten.

Hänen toinen kätensä liikkui kupatakseen hänen paljaan pohjansa.

Tuntui hyvältä olla taas tuollainen naisen kanssa.

"Mitä, luulitko minun valehtelevan kaikesta tästä?

"Vain päästäkseni housuihinne?"

Hän kohautti olkapäitään ja hymyili hieman tylysti.

"Se ei olisi ensimmäinen kerta, kun minulle tapahtuu jotain vastaavaa. Näin tapahtuu useimmille tytöille."

"Vannon, etten ole saanut orgasmia yli vuoteen, enkä ole käynyt niin vaikeaksi ainakaan tähän asti. Tämä oli ensimmäinen kerta, kun onnistuin tunkeutumaan naiseen, puhumattakaan kumartamisesta häneen tai saada hänet kumartamaan kukkoani yli vuoden ajan. Tunnen oloni euforiseksi ja herkullisen anteliaaksi juuri nyt."

Rosa nauroi ja nojautui varastamaan nopean suudelman hänen huuliltaan, mutta nousi myös istumaan.

Hän liikutti lantiotaan häntä vasten hetken hymyillen leveästi, kun hän teki niin kapeista silmistä .

Mutta hän hitaasti vapautui hänen kukkonsa.

Tulva siemennestettä pakeni hänen pilluaan ja liukui alas hänen vartaloaan, kerääntyen hänen lantioonsa.

"No sitten tunnen oloni uskomattoman imarreltu ja valtavan helpottunut. Rehellisesti sanottuna siitä on pitkä aika, kun olet nukkunut kanssani, vaikka vibraattorini ja minä olemme usein ystäviä. Ja minä... En ole koskaan tehnyt mitään tällaista ennen." .. "

Hän näytti hermostuneelta, mutta Andrew ei voinut olla hymyilemättä.

Vaikka hänellä oli varmasti ollut melkoinen osuutensa seurusteluista ja satunnaisesta seksistä, tämä... oli jotain täysin erilaista, eikä hän ollut oikein varma mitä sanoa itse.

Hän näki kuminauman laskeutuessaan lattialle ja melkein kääntyi ympäri mennäkseen nappaamaan jotain puhdistaakseen sen, mutta hän näki tämän pysähtyvän ja katsoessaan häntä.

Nojaa sitten vain ja ota se takaisin suullesi.

Hänen kielensä läimäyttää hänen vuotanutta siemenään, kun hän imi häntä kevyesti.

Andrew huokaisi, kädet puristellen pöydän reunoja, kun hänen selkänsä jäykistyi, mutta hän ei voinut katsoa pois tekemästään.

Hänen kukkonsa sykkii nautinnosta, vaikka hän hitaasti perääntyi hänestä.

Hän suuteli ensin hänen jäsenensä kärkeä ja nuoli sitten muutaman eksyneen siemennesteen hänen lihasta.

Hän hymyili ujosti hänelle, kun hän nousi taas suoraan, katsoen hänen kukkoaan.

Hän oli jälleen selvästi täysin kova.

"Näyttää siltä, että teillä ei ole mitään ongelmaa kovettua nyt, herra Harrison."

Andrew vapisi onnellisesti yrittäessään istua eteenpäin saadakseen vaatteensa, kun hän katseli Rosan kumartuvan poimimaan omansa.

"Luulen, että paransit minut, neiti Martinez."

Hän hymyili, mutta kun hän ojensi hänelle joitakin vaatteistaan, hän kurkotti alas koskettaakseen hänen kukkoaan leikkisästi.

"Olen eri mieltä, sir. Luulen, että sinun täytyy varata seurantakäynti myöhemmin tällä viikolla. Meidän on seurattava tarkasti tilaasi ja varmistettava, ettei pahenemisvaiheessa ole."

Hänen leikkisä hymynsä hiipui hieman.

"Tämä on vakavaa, mutta siitä huolimatta, minä... Luulen, että voimme luultavasti sulkea pois fyysiset sairaudet, mutta... mutta haluamme varmistaa. Eikö niin?..."

Andrew kohotti kätensä hymyillen pehmeästi.

"Ymmärrän, tohtori Rosa. Ja haluaisin mielelläni palata konsultaatioon. Virallisesti ja... jopa epävirallisesti, jos olette kunnossa. Minä... Odotin rehellisesti sinun tekevän nopean kokeen ja Ajattelin, että "se oli henkinen tai emotionaalinen ongelma."

Hän punastui, mutta nyökkäsi puetessaan pikkuhousunsa jalkaan.

Tumma ympyrä tunkeutui hitaasti kankaaseen, ja sen näkeminen sai Andrew'n innostumaan entisestään.

Hän meni laittamaan rintaliivit takaisin päähän, mutta Andrew viittasi häntä tulemaan lähemmäksi ja katsoi häntä uteliaana.

Hän myöntyi ja lähestyi häntä uudelleen.

Hän nosti välittömästi kätensä hyväillen hänen paljaita rintojaan pehmeällä huokauksella.

"Kiitos. Olen pahoillani, olet vain... mielestäni olet uskomattoman seksikäs, ja asiat olivat niin kiireisiä, että minä... en halunnut jättää väliin mahdollisuutta koskettaa heitä, kun minulla oli se."

Hän hymyili pehmeästi ja kumartui suudellakseen hänen poskeaan ennen kuin astui takaisin pukeakseen vaatteensa ja yrittääkseen jatkaa heidän virallista keskusteluaan ääneen.

"Se on luultavasti sitä, mutta koska et kertonut sairaanhoitajille tarkalleen, mitä se on paperityötä varten, minun pitäisi luultavasti... järjestää sinulle uusi käynti täällä, jotta voimme olla varmoja oireista."

Hän nyökkäsi, nousi seisomaan ja alkoi pukea omia vaatteitaan.

Rosa katsoi häntä hetken, kun hän järjesti vaatteensa uudelleen.

Hän tasoitti kynähameensa ajatuksiinsa vaipuneena.

Lopulta hän rikkoi hiljaisuuden.

"Jos haluat, minä... otan mielelläni vastaan puhelinnumerosi. Ollakseni rehellinen, en ole varma, miltä minusta tuntuu, tämän hetken... kuumuuden ulkopuolella, mutta..."

"Ymmärrän täysin, Rosa. Tiedän... emme todellakaan tunne toisiamme kovin hyvin, mutta... Toivottavasti tiedät, etten ota tätä kevyesti, minuun voi luottaa, ja minä... arvostan sitä suuresti... kaikkea, mitä tapahtui. En koskaan käyttäisi tätä satuttaakseni sinua tai tahallisesti satuttamaan sinua millään tavalla. Jos et halua tämän tapahtuvan koskaan uudelleen, hyväksyn, kunnioittaisin ja ymmärtäisin sen valinnan. mutta toivon vilpittömästi, ettet katu sitä, ja toivon, että voin jatkossakin olla "Ainakin potilaasi. Tulin tänne syystä, historiasi ja palautteen vuoksi kyvyistäsi lääkärinä. En voi kertoa sinulle kuinka onnelliseksi tämä on tehnyt minut, tai kuinka se on saanut minut tuntemaan oloni jälleen mieheksi."

Rosan olkapäät näyttivät laskevan hieman.

Jännitys, joka jätti hänen asentonsa, kun hän hymyili lämpimästi.

"Kiitos, Andrew; arvostan sitä todella. Minäkin... todella, todella nautin tapahtuneesta."

"Saanko sitten jättää numeroni?"

Hän nyökkäsi ja kääntyi tarttuakseen paperityynyyn ja kynään.

Sitten hän tarjosi sitä hänelle.

Hän otti sen ja kirjoitti nopeasti hänen numeronsa muistiin ja ojensi sen sitten takaisin hänelle.

Hän repäisi päällyslakanan ja työnsi sen puseronsa pieneen taskuun.

Heidän katseensa kohtasivat, he viipyivät hetken, sitten Andrew hymyili ja avasi kätensä.

"Haluaisitko halata...?"

Hän nauroi pudistaen päätään, kun he halasivat.

Kun he astuivat taaksepäin ja Rosa kääntyi keräämään tavaroitaan, hänen silmänsä katselivat toimistoa.

Sen lisäksi, että tutkimuspöydällä oleva pehmopaperi oli hirvittävän rypistynyt, kukaan ei voinut kertoa, mitä täällä oli juuri tapahtunut.

Andrew ymmärsi mitä oli tekemässä, haisteli hieman ilmaa ja käveli sitten yhden ikkunan luo avatakseen sen.

Rosa hymyili ujosti ja nyökkäsi.

"Siinä tapauksessa, Andrew... öh, herra Harrison, selvitämme tämän ongelman ytimeen, mutta meidän on varattava uusi tapaaminen seurantaa varten myöhemmin tällä viikolla, ja mitä nopeammin, sen parempi."

Hän puri huultaan, vilkutti hänelle ja sanoi madaltaen ääntään:

"Älä pakota minua odottamaan".

TOIMISTOSSA

"Tarvitsetko jotain muuta, neiti Sanders?"

Katsoin ylös painetun laskentataulukon epäselviltä riveiltä ja sarakkeilta ja räpäydyin Vickyyn, sihteeriäni, joka seisoi toimistoni ovella laukkunsa nojaten oikean olkapäänsä yli.

Jossain takanaan hän kuuli muiden tyttöjen juttelevan toimistossa, kun he sulkivat työpaikkansa viikonlopuksi.

Kun hänen sanansa vihdoin kirjautuivat mieleeni, nyökkäsin hänelle nopeasti ja heilutin sormiani.

"Mene eteenpäin . Minun pitäisi olla täällä noin viidessä minuutissa. Hyvää viikonloppua."

Hän sulki silmänsä minuun hetkeksi, mutta toisti vain viimeiset sanani hymyillen ennen kuin kääntyi ja liittyi työtovereihinsa.

Kyllä, hän tunsi minut erittäin hyvin.

Viisi minuuttia oli tavallisesti viidestätoista kahteenkymmeneen tavallisena päivänä. Mutta se oli perjantai ennen kolmen päivän pitkää viikonloppua, ja neljännesvuosittaisen raportin yhteenveto valmistui tiistaiaamuna.

Ketä minä vitsailin?

Olisin täällä ainakin pari tuntia.

Ja se oli vain, jos pystyin keskittymään oikeiden numeroiden saamiseen.

Ensimmäisen tunnin jälkeen vain pienellä edistyksellä tein nopean matkan taukohuoneen myyntiautomaatille hakemaan kofeiinia täynnä olevaa virvoitusjuomaa.

Takaisin pöytäni ääressä hiilihapote kutitellen kurkkuni syvästä juomasta, seisoin nojaten pöytäni yli.

Ehkä erilainen näkökulma auttaisi.

Juuri silloin kuulin matalaa murinaa.

En suinkaan hätkähtänyt, koska tunsin tuon äänen omistajan, joten tuskin katsoin ylös ja näin herra Robert Gonzálezin nojaavan oven karmiin kädet tiukkojen housujensa taskuissa.

Hän oli pitkä ja komea ruumiillistuma, vaikka hän ei ollutkaan täysin musta... ei ainakaan se osa, jonka pystyit näkemään.

Hänen hopeiset hiuksensa oli leikattu lyhyemmäksi sivuilta ja takaa, mikä sai hänet näyttämään vanhemmalta kuin ne 40-vuotiaat, joita hänen olisi pitänyt olla.

Ja hänen kevyesti ruskettunut ihonsa osoitti, ettei hän välittänyt ulkoilusta, vaikka hän tiesi, ettei ollut vielä päässyt luomaan siteitä muihin miesjohtajiin.

"Vedätkö viimeisiä energiapisaroita keskiyöllä, Erika?"

Nostin hyvin hoidetut kulmakarvat ja vastasin lopulta:

"Kello on kuusi. On vasta puolilta päivin."

Hän kohautti olkapäitään hieman.

"Jossain on keskiyö."

"Lontoossa."

"Hmm?"

"Jos kello on kuusi täällä, se on keskiyö Lontoossa."

Robert naurahti.

"Sinä ja numerosi."

Pyöräytin silmiäni ja kumartuin eteenpäin löytääkseni laskentataulukon sarakkeen yläosan ja liu'utin sormeani alas.

Syvempi murina ulottui korviini.

Katsoin ylös ajoissa nähdäkseni hänen säätelevän solmion solmua kurkussaan.

Sekuntia myöhemmin tajusin, että hän näki paitani yläosan.

Nousin äkillisesti seisomaan, istuin tuolilleni ja kävelin pöydän luo ja tunsin poskieni punastuvan.

Tuskin onnistuin olemaan hymyilemättä, kun hän huokaisi.

"Mitä voin tehdä hyväksesi, Robert?"

Sillä hetkellä, kun sanat lähtivät suustani, suljin silmäni ja puristin huuliani.

Helvetin freudilainen lipsahdus.

"En veloita maksua, Erika, mutta jos olet valmis maksamaan..."

"Se oli virhe", mutisin ja teeskentelin keskittyväni uudelleen edessäni levittäviin tulostettuihin sivuihin.

Päässäni rukoilin häntä lähtemään.

Yhtiö ei ollut täysin epämiellyttävä.

Mutta halusin tehdä tämän raportin, jotta voisin mennä kotiin kylpytynnyrissäni viinilasillisen kanssa ja olla ajattelematta mitään ennen kuin herätyskelloni soi tiistaiaamuna.

"Numerot vastustavat, eikö?" hän sanoi pehmeästi nauraen.

Matolla kuului lievää kenkien lepatusta.

Hetkeä myöhemmin hän seisoi pöytäni edessä.

Kun katsoin uudelleen ylös, hänellä oli kulmakarvat kohotettuina, ja hänen hymynsä leveni, kun hän riisui puvun takkinsa ja asetti sen yhden vierailijatuolin selkänojalle.

Nielaisin, kun hän liukui suuren kätensä alas harmaan napillisen liivinsä edestä ja veti valkoisen paitansa hihansuista ennen kuin istuutui vastakkaiseen tuoliin.

Hän ristiin oikean polvensa vasemman päälle ja puristi kätensä syliinsä.

Yritin jättää hänet huomiotta työskennellessäni ja join silloin tällöin limsapurkistani.

Ja kunnia, numerot alkoivat olla järkeviä.

Ei mennyt kauaa, kun vihdoin pääsin aloittamaan raporttini kirjoittamisen.

Hän ei puhunut, mutta kuulin hänen tasaisen hengityksensä.

Tunnen hänen katseensa minussa.

Olin kuitenkin tottunut siihen asiakkailta, joten Robertin huomio ei häirinnyt minua.

En edes silloin, kun näin perifeerisestä näköstäni, että hän oli hitaasti avaamassa liiviään ja löysäämässä solmionsa solmua.

Purin huuleni sisäpuolta, kun hän sääti asentoaan ja rentoutui istuimelle yrittäen olla ajattelematta häntä, joka yrittää piilottaa kiihottumisensa.

Katseeni tietokoneen näyttöön osoitin raportissani, mistä tappiomme johtuivat, ja esitin sitten ehdotuksen näiden varojen perimiseksi takaisin kahden seuraavan vuosineljänneksen aikana.

Muutamaa minuuttia myöhemmin hänen äänensä yllätti minut ja muistutti hänen läsnäolostaan.

"Näyttää siltä, että työskentelet todella kovasti siellä, Erika. Vaikka katsot minua silmäkulmasta. Luuletko etten huomaa niitä asioita?"

Kyhmy kurkussani näytti ilmestyvän tyhjästä.

Itse asiassa nieleminen sattui, ja tällä kertaa sooda ei auttanut.

Nopea vilkaisu häneen oli ollut huono idea.

Puristin silmäni hetkeksi kiinni ja räpäytin sitten nopeasti keskittyäkseni.

Robertin pää oli kallistettuna ja hänen suunsa nurkka nykisi.

"Mikä hätänä? Kissa sai kielesi?"

Kun jatkoin välittämättä hänestä, hän soitti "tsi, tsi, tsi".

En voinut olla kiroamatta pehmeästi, kun hän nousi seisomaan ja käveli pöytäni ympäri pysähtyen suoraan taakseni.

"Teet liikaa töitä. On viikonloppu. Sinun pitäisi olla kotona tai ulkona pitämässä hauskaa, etkä viettää aikaa toimistossa."

Kun tunsin sen koskettavan hiusteni pohjaa, tärisin.

Sormeni vapisivat hetken näppäimistöllä.

Jopa hengitykseni oli epävakaa, kun hengitin ulos.

Vittu tämä mies.

Se oli ollut mielessäni kaksi kuukautta... siitä lähtien, kun pomot esittelivät meidät yrityksen kokouksessa.

Olimme samalla auktoriteettitasolla, mutta eri osastoilta.

Alueidemme läpiajoja ei edes leikattu.

Hän oli kuitenkin löytänyt syyn käydä toimistollani vähintään kerran tai kahdesti viikossa.

Mutta ei koskaan tuntien jälkeen.

Ja se ei ollut koskaan ollut tätä... käynnistetty.

aina ollut ammattilainen, mutta hän oli tanssinut köyden reunalla.

Salaa toivoin, että hän laukaisi hieman.

Ei antaa minulle syitä ilmoittaa hänestä, vaan tietääkseni varmasti, oliko hän todella kiinnostunut minusta... vai pitikö hän vain kehua miehisyyttään.

Hän oli yhtiön ainoa johtaja.

Suurin osa miehistä näytti olevan samaa mieltä tästä asemasta.

Pari heistä oli ilmoittanut minulle vesijäähdyttimen ympärillä, että heidän mielestään naiset kuuluivat pöydän toiselle puolelle, mutta kukaan ei ollut uskaltanut sanoa sitä päin naamaa.

Rukoilin, ettei sitä hetkeä koskaan tulisi Robertilta.

Ja nyt?

Minulla oli tunne, että aion vihdoin nähdä todellisen puolen miehestä, joka oli kummitellut unelmiani useammin kuin kerran.

Kuitenkin katuisin sitä?

olimme yksin

Loput lattiasta oli pimeää toimistoni ikkunoiden takana.

Eikä kenelläkään muulla ollut syytä olla rakennuksessa tähän aikaan.

Talonmiehet saapuivat paikalle vasta lauantaiaamuna.

Entä jos Robertin aikomukset eivät olleet kunniallisia?

Ja jos...

"Näyttää siltä, että sinun täytyy ehkä lievittää stressiä, eikö niin?"

Hänen äänensä oli aivan korvani vieressä, hänen huulensa hieroivat sitä kevyesti, mikä sai minut henkäilemään.

Hän harjasi hiukseni pois puhuessaan.

Ja sitten hän puri korvalehteäni.

"Vastaa minulle, Erika."

Tuli ja jää.

Se on ainoa tapa, jolla voisin kuvailla sitä, mikä liikkui kehossani hänen sanoistaan... hänen tekonsa.

En voinut liikkua.

Hän tuskin hengittää .

Ja minulla ei todellakaan ollut oikeaa ääntä vastata.

Robert laittoi yhtäkkiä kätensä molemmille puolilleni pöydällä, tunkeutuen entisestään tilaani.

Ainakin minulla oli tuolin ohut selkänoja välillämme.

Toistaiseksi.

Jalkani tärisivät.

Luojan kiitos, olin jo istumassa.

Tätä odotit, eikö?

Taistelin ollakseni katsomatta häneen, koska pelkäsin menettäväni viimeisenkin hallinnan tunteistani, jos katsoisin.

Mutta en voinut auttaa pientä voihkausta, joka karkasi huuliltani, kun hän kumartui kasvojeni puolelle.

Hänen huulensa koskettivat jälleen korvaani.

"Tiedän mitä haluat..." hän kuiskasi nuoleen lohkoani. "Mitä tarvitset."

Varoittamatta hän ojensi kätensä ja tarttui vasempaan ranteeseeni, hellästi mutta lujasti, nosti sen pöydältä ja toi sen tuolini taakse.

Kuppai käteni takaosaa kämmenelleen ja asetti sen tiukasti haaransa kohoumalle.

Huusin kovempaa ja puristin silmäni kiinni.

Myös molemmat käteni sulkeutuivat vaistomaisesti ja vasen kietoutui vielä enemmän hänen peitettyyn erektioonsa.

Pilluni puristui tunteesta.

Hän huokaisi pehmeästi ja laittoi käteni takaisin pöydälle.

Hänen läsnäolonsa lämpö näytti väistyvän, mutta se ei pysäyttänyt vapinaa, joka oli noussut harteilleni.

Hänen lämmin hengityksensä hyväili edelleen niskaani, kun hän hengitti raskaasti.

Hetkeä myöhemmin käännyin hitaasti tuolillani päin häntä kohti... antaen silmäni olla suoraan hänen haaransa kanssa.

Nojauduin henkeään haukkoen taaksepäin tuolille ja nostin katseeni ylös juuri niin kauan, että näin hänen nuolevan huuliaan.

Sitten seurasin hänen käsiään, kun ne asettuivat hänen vyötärölleen ja irrottivat hänen nahkavyönsä.

Hän avasi napin niin hitaasti, että hän ei ollut varma, oliko hän todella tehnyt sen, ennen kuin hän laski vetoketjun.

Kuulin häneltä huokauksen, kun aloin hengittää räjähdysmäisemmin ja nuolin huuliani.

"Ja tuo pieni märkä kieli? Luoja, olet niin vitun seksikäs, Erika", hän murisi ja kurkoi nyrkkeilijöihinsä.

Mutta hän pysähtyi ja irrotti kätensä hetken kuluttua.

Housunsa riippuessa viettelevästi lantioltaan, hän tarttui hauislihakseeni ja veti minut helposti jaloilleni.

Ei ollut aikaa ajatella.

Ilmaistakseni eri mieltäni.

Yhden sekunnin pidätin hengitystäni, seuraavana hänen lämpimät huulensa painuivat omiani vasten kiihkeästi, jota en ollut koskaan ennen kokenut.

Lämpö.

Intohimo.

Epätoivo.

Nälkä.

Kaikki tämä pyöri päässäni.

Tunsinko minäkin sen kaiken?

Hänen kielensä meni suuhuni väittäen sen.

Hänen sormensa kiristettiin käsissäni, vetäen minut lähemmäs häntä.

Pääni painui taaksepäin, kun hän painoi minua eteenpäin, kun muu kehoni nojasi häntä vasten.

Nyt tuntuu, että se möykky muualla.

Painaa minua.

Hieroen minua.

Käynnistää minut.

Olin sulamassa hänen suudelmaansa, kun huokauksessani huomasin taas istuvani.

Hengittää.

Miettii mitä helvettiä juuri tapahtui.

Robertin hengitys oli epäsäännöllistä.

Ja hän nojautui pöytää vasten tarttuen reunaan molemmin käsin.

Hän tuijottaa minua silmät leveät.

Kun katsoin hänen hieman kohoavaa rintaansa, hän kohotti leukaani.

Hän piti sitä minulle.

Sitten hän juoksi peukalolla alahuuleni yli ennen kuin painoi suuhuni hetkeksi.

Käytin tilaisuutta hyväkseni ja nuolin hänen sormeaan, mikä sai hänet murisemaan.

Hän työnsi syvemmälle.

Pian imetin hänen peukalon kärkeä ensimmäiseen rystykseen asti, kun hän liikutti sitä hitaasti sisään ja ulos suustani.

Leukani oli edelleen painunut hänen sormiinsa.

Silmäni olivat keskittyneet häneen.

Soitimme molemmat pehmeitä mielihyvän ääniä.

Ja pilluni ei lakannut kiristämästä.

Yhdessä vaiheessa hänen kätensä lipsahti.

Hän veti leukastani säätääkseen minua, ja minä putosin eteenpäin.

Palautin tasapainoni asettamalla kämmeni hänen reisilleen.

Aivan hänen nivusensa vieressä.

Tämän seurauksena voihkin ja imi hänen sormeaan kovemmin.

Hänen yllätyksensä suhina oli hänen ainoa reaktionsa, kun hän jatkoi peukalon työntämistä suustani sisään ja ulos.

Sitten hän voihki, kun käteni puristivat kiinteitä lihaksia hänen vaatteensa alla.

Hetkeä myöhemmin hän oli vapauttanut itsensä ja nousi seisomaan.

Robert kurkotti jälleen nyrkkeilijöihinsä ja päästi sitten nopeasti kalunsa ulos terävällä uloshengityksellä.

Kruunu, joka näytti punaiselta ja innostuneelta, lepäsi vain muutaman tuuman päässä huuliltani.

Kärki kimalteli yhdellä helmiäispisaralla keskellä.

Kieleni putosi suustani odottaessani.

"Älä viitsi."

Hänen karkea hyväksyntänsä sai minut voihkimaan ja nuolemaan huuliani uudelleen.

"Tule narttu."

Hänen vartalonsa huojui hieman, kun sormeni korvasivat hänen ja kietoivat hänen kovan jäsenensä samettisen rakenteen, pitäen sitä vakaana.

Hän voihki äänekkäästi sillä hetkellä, kun toin kieleni kärjen hänen kukkonsa silmään.

Sitä helmiä kohti.

Nuolen sitä ja otan sen takaisin suuhuni.

Maistelee hänen precuminsa suolaisuutta.

Hän tärisi nyt ja nojasi pöytäni reunaa vasten jälleen saadakseen tukea.

Viha nousi suonissani, vapautin toisen nuolla.

Kieleni litteä, tällä kertaa hänen joustavan päänsä litteä.

Toinen hänen kirous rohkaisi minua enemmän.

Kolmas nuollani oli rohkeampi, pyörien kruunun ympärillä.

Nopea vilkaisu hänen ojennettuun kaulaansa ja suljettuihin silmiinsä osoittivat, että minulla oli hänet siellä, missä halusinkin ... armoillani, jos vain muutaman minuutin.

Suljin huuleni hänen kruununsa ympärille seuraavan nuolemisen yhteydessä ja imetin samalla kun puristan kättäni varovasti hänen suuren kalunsa ympärille.

"Vittu, lutka, mistä sinä osaat imeä!"

Olin ennakoinut hänen työntövoimaansa ja astuin taaksepäin, hänen kukkonsa vapautui pehmeällä popsulla.

Kun hengitin syvään, sain sen takaisin suuhuni.

Nyt syvemmälle.

Imeminen silittäessä.

Voihki, kun hän laittoi kätensä pääni päälle ja kuljetti sormensa varovasti hiusteni läpi.

Siirtäessäni tuolia eteenpäin nautin hänen kontrastisesta, kovasta ja pehmeästä tunteesta, kun hän liukui kielelläni.

Hänen vaatteiden pehmeä rakenne, kun juoksin vapaalla kädelläni ylös ja alas hänen jalkaansa... ympäri hyväillen hänen takapuolta.

Maskuliinisen myskin tuoksu hänen ihollaan aina, kun nenäni lähestyi hänen tyveänsä.

Mutta aivan kuten hänen suudelmansa, hän vetäytyi pois ennen kuin olin valmis lopettamaan.

Jättää minut valittamaan.

Sitten hän nosti minut uudelleen jaloilleni, missä heiluin kantapäälläni.

"Erika", hän tiuskaisi ja nuoli huuliaan.

Tutkin silmiäni.

Piteli minua häntä vasten oikeasta kädestäni, hänen vapaa kätensä siirtyi selkääni ja liukui alas hyväillen peppuani.

Valittaessani hän nappasi alahuuleni hampaidensa väliin.

Ja sitten hän imeskeli hellästi, kun painoin vartaloani hänen käsivarsiansa vasten.

"Robert!" Huokaisin, kun hän yhtäkkiä nosti minut lantiosta ja istutti minut pöydälleni.

Hän työnsi kynähameeni ylös ja levitti jalkani ja pääsi niiden väliin.

Hänen kukkonsa lepäsi välissämme, ja tunsin hänen precumin kosteuden liottavan paitaani.

Toisella kädellä hyväillen oikeaa jalkaani reiteen ulottuvien sukkahousujeni läpi, hän painoi pääni takaosaan ja suuteli minua.

Tosi kovasti.

Silmät kiinni, vajosin vihdoin hänen syliinsä, käteni vaelsivat hänen ylitse.

Koskettamalla olkapäitään.

Tuntea hänen lihaksensa taipuvan ja rentoutuvan.

Lämpö säteilee hänen paidansa läpi.

Sitten se oli hänen niskassaan.

Hänen hiuksensa kutittelivat sormenpäitäni, kun hänen kielensä ryösti suuni.

Yksi kengistäni putosi napsahduksella, kun yritin kietoa jalkani hänen jalkojeni ympärille.

Hän oli myös liikkeellä.

Tartuin toisesta polvestani, joka hieroi hänen lantiotaan.

Puristan varovasti niskaani, saa minut kumartumaan ja voihkimaan.

Sitten hän hyväili rintani puolta ennen kuin otti sen kämmenensä ja puristi sitä kovemmin.

Hänen peukalonsa hyväili nänniä puseroni ja rintaliivieni läpi.

Vatsassani tunsin hänen kukkonsa sykkivän.

Kovaa ja kuumaa.

Tartuin edelleen hänen niskaansa vasemmalla kädelläni, liukasin oikean välimme ja kiedoin kutisevat sormet hänen kalunsa ympärille juuri kruunun alapuolella.

Sitten juoksin peukalon tyynyä edestakaisin kärjen yli ja levitin ohutta nestettä sinne.

Nauttia raosta enemmän.

Robert puri alahuultani uudelleen ja veti sen suuhunsa, josta hän imi sitä.

Hän vääntelí sitä kielellään.

Sitten hän peitti huuleni taas omallaan.

Kutsun kieleni tanssimaan.

Mitä enemmän hän suuteli minua, sitä enemmän hän murisi.

Mitä enemmän hän suuteli minua, sitä enemmän heiluin häntä vastaan.

Hiki muodostui niskaani sormieni alle.

Tunsin sen myös lapaluiden välissä.

Jälleen kerran hän vetäytyi takaisin, mutta vain suuhumme.

Hän nojasi otsaansa vasten minun, hengityksensä kuumana kasvoillani.

Jatkoin leikkimistä hänen kukkollaan, vasen käteni lepää nyt takanani.

"Sinä... olet... leikkisä... lutka", hän huokaisi, kutistui taaksepäin ja suuteli minua pehmeästi.

Kun hän liukui kätensä hameeni alle reidelleni, päästin irti ja minun piti laittaa toinen käteni myös taakseni tukeakseni.

Sitten olin se, joka puri hänen alahuultaan, koska hänen sormensa silitivät syvemmälle sisäänpäin.

"Paska!" Koko vartaloni tärisi, kun hänen rystynsä kosketti pikkuhousujen peittämää pilluani.

" Olet herkkä", hän naurahti.

Hän harjasi huuliaan suuni kulmaan ja löi minua rystystöillään vielä kolme kertaa.

Jokaisella iskulla hän painoi kovemmin.

"Mmm. Erika?"

"Eh mitä?" Räpytin silmiä ja yritin niellä.

"Olet niin märkä, rakas lutka."

Käteni löivät ja putosin takaisin pöydälle muriseen.

Tunteessani sormen hyväilevän pilluni ulkopuolta pikkuhousujeni alla, silmäni kääntyivät taaksepäin.

Leukani putosi ja ääneni takertui kurkkuni takaosaan.

"Sinä olet niin rikas", hän mutisi.

Äärinäissäni näin Robertin katoavan.

Sekuntia myöhemmin jotain märkää valui pilluani pitkin.

Lopulta huusin tajuten, että se oli hänen kielensä.

Sitten hän huusi.

Selkäni kaareva.

Vääntämällä lantiotani.

Lyömin kämmeniä allani hajallaan olevia papereita vasten.

Alakerrassa hän oli riisunut pikkuhousuni ja hyökkäsi kimppuuni huulten, hampaiden ja kielen arsenaalilla.

Mutta ei koskaan mitään läpitunkevaa.

Ja kuitenkin, sitä kehoni hiljaa anoi.

Jotakin mitä tahansa...

No ei ihan mitä tahansa.

Halusin hänen kukkonsa, mutta tyytyisin toistaiseksi sormeen tai kahdelle.

Hän ei kuitenkaan voinut lukea ajatuksiani.

Ja valitettavasti en löytänyt sanoja kertoakseni hänelle suoraan.

Toinen kenkäni putosi lattialle, kun hän tarttui nilkkaani ja piti jalkaani ylös ja ulos.

Väännyin enemmän sen tuntemuksesta, että hän löi ja kierteli klitoistani luultavasti hänen peukalollaan.

Ja minä huusin, kun hän hitaasti nuoli pilluani ylös ja alas.

Kiusoittelen tiukkaa, herkkää peppurengasta hetken ennen kuin aloitan uudelleen.

Mumisin ketjun ilmaisuja, jotka olivat täynnä henkeä.

Hän huokaisi ja päästi irti jalkani laitettuaan sen olkapäälleen.

Sekuntia myöhemmin tunsin hänen sormensa liukuvan samaa polkua pitkin, jonka hänen kielensä oli kulkenut ennen kuin se painoi minua.

"Robert!"

Käteni puristivat sivuillani, koko kehoni vääntelehti pöydällä.

Hän oli loukussa yrittäessään siirtyä pois hänen kosketuksestaan ja yrittäessään seurata hänen kättään, kun hän alkoi vetäytyä poispäin vain työntyäkseen uudelleen.

Useat asiat kolisevat, kun ne putosivat pöydältä prosessin aikana.

Hänen syvä, reagoiva naurunsa kertoi minulle, että olin saanut halutun reaktion.

Hän jatkoi samaan tahtiin kiusoitellen ja vääntäen minussa olevia toiveita.

Joka kerta, kun jalkani alkoi luistaa, hän tarttui polveni takaosaan kyynärpäänsä mutkiin ja asetti sen takaisin olkapäälleen.

Ei kestänyt kauaa saapua, huohotin ja kiroin hänen nimeään.

Pyöritän päätäni edestakaisin pöydällä.

Puristaen ja päästäen käden hänen hiuksiinsa nyt.

Toinen hieroi hajamielisesti rintaani puseroni läpi, kuten hän teki yksin ollessaan.

Mieleni oli vielä sumea muutaman minuutin kuluttua.

Hengittäminen oli työlästä.

Tiesin hänen laskevan jalkansa, mutta en voinut sulkea jalkojani, koska hän seisoi edelleen reisieni välissä.

Hän liikkui puolelta toiselle muutaman sekunnin ajan, ennen kuin hänen sormensa hyväili herkkiä alahuuliani ja sai minut vapisemaan.

Sitten hän jäi taas eläkkeelle.

Hetkeä myöhemmin hän nosti pääni suoraan korvani alle, peukalonsa hyväillen poskipääni nousua.

Tuttujen mehujeni makea tuoksu ulottui nenäni.

"Erika?"

Mumisin jotain... Avasin silmäni hetkeksi nähdäkseni hänen kasvonsa omien edessäni.

Puristiko hän leukaansa?

"Haluatko lisää?"

Räpytin tällä kertaa.

Hän nuoli huuliani.

Yritin puhua, mutta päädyin nyökkäämään.

Hän myönsi pehmeää murinaa.

"Sano se."

Pilluni puristui ja silmäni keskittyivät hetkeksi.

Ääneni oli karkea, kun puhuin.

"Kyllä. Vittu minua, Robert."

Hänen omat silmänsä näyttivät loistavan.

Hän veti syvään henkeä ja nyökkäsi minulle lyhyesti.

Pitämällä kätensä poskellani, tunsin hänen työntävän pikkuhousuni sivuun jälleen vasemmalla kädellään ennen kuin hänen kukkonsa kosketti pilluani.

Painettu eteenpäin.

Hän laittoi sen minuun.

Muruimme rinnakkain, kun hän liukui sisään.

Venyttää minua hitaasti tuuma tuumalta.

Ja sitten hänen nivusensa lepäsi omaani vasten.

Hän työnsi nopeasti lantiotaan ja meni hieman syvemmälle, jolloin niskani kaareutui taaksepäin ja käteni nousivat tarttumaan hänen käsiinsä.

kehräsin, kun hän vetäytyi pois ja työnsi taas eteenpäin.

Hän kiihdytti hieman.

Rytmin vahvistaminen.

Epäsäännöllinen hengitykseni jännittyi.

En voinut lopettaa huulteni nuolemista.

Niin lähellä.

taas niin helvetin lähellä .

Hänen vasen kyynärvartensa lepäsi minun päälläni, hänen sormensa harjasivat hiuksiani.

Käänsin pääni hänen kosketukseensa päin ja suljin silmäni.

Voihki, kun hänen toinen kätensä kuplii ja hyväili rintaani tai lantiota vaatteideni läpi.

"Cum minulle."

Hän painoi huulensa otsalleni ja tarttui polveeni, vetäen sen lantiolle uudelleen.

Selkäni kumartui kouristukseen hänen sanoistaan.

Leukani putosi , kun hän tarkoituksella hyväili minua, sekä sisältä että ulkoa.

Hän työnsi minua jatkuvasti tuon kallion yli.

Kurkistamassa.

Ja sitten kuristin hänen nimensä, jäykistyen ennen kuin kehoni kääntyi oikealle ja sitten vasemmalle.

Mumiseen sanoja, joita hän ei ollut koskaan ennen lausunut... hän ei luultavasti edes tiennyt mitä ne tarkoittivat.

Helvetti, ne eivät luultavasti olleet edes oikeita sanoja.

"Jumala, olet niin kaunis, Erika."

Robertin huohotuksesta tuli vieläkin raskaampaa.

Hänen antamansa äänet olivat huumaavia.

He pitivät minua vääntelemässä hänen alla.

Luulen, että tulin toisen kerran, vai oliko se kolmas?

Ennen kuin tunnet hänen jännittyneen.

Hän työnsi kovemmin.

Ja sitten hän murisi nimeäni ennen kuin pudotti ruumiinsa minun päälleni.

Hänen ruumiinsa lämpö tihkui hien kostutettujen vaatteidemme kerrosten läpi.

Hänen sydämensä hakkasi yhtä villisti kuin minun sydämeni rintaani vasten.

Tai ehkä se oli minun, mitä tunsin.

Sitten hänen kätensä painui kevyesti hiuksiini, peukalonsa hajamielisesti silitti otsaani.

Vuorotellen nielin ilmaa ja nuolin huuliani.

Juoksin kättäni ylös ja alas hänen vasemman kätensä takana, jonka hän oli työntänyt kylkeeni vapautumisensa jälkeen, kun olin toipunut tarpeeksi muistaakseni keitä me olimme... missä olimme.

Jälkijäristys ravisteli alaselkääni, mikä sai jäseneni nykimään.

Pilluni puristi ja hänen kukkonsa nykisi sisälläni.

Me molemmat huokaisimme.

Hän nosti painonsa pois minulta ja suuteli minua pehmeästi ennen kuin nousi kokonaan seisomaan.

Purin huultani toista kouristusta vasten hänen täydessä retriitissään, iloisena siitä, että minulla oli vielä pöytä allani tukeakseni.

Lumoteltuna katsoin miestä, joka minulla oli ollut tutkassani ensimmäisestä päivästä lähtien.

Minulle tuli mieleen, että hän oli miettinyt tätä kaikkea siitä lähtien, kun hän tuli valmistautuneena, kun näin hänen poistavan käytetyn kondomin, käärivän sen pariin nenäliinaan ja heittävän paketin roskakoriini.

Hän seisoi edessäni, kun hän laittoi kukkonsa pois ja sääteli housujaan.

Hän odotti hänen lopettavan vaatteensa korjaamisen, ehkä juoksevan kätensä hieman sotkuisten hiustensa läpi.

Mutta olin yllättynyt, kun hän hymyili minulle ja laittoi kätensä olkapääni taakse auttaen minua asettumaan.

Nousta ylös.

Hän otti kasvoni molempiin käsiinsä ja suuteli minua pehmeästi.

Sitten hän astui taaksepäin ja kallisti päätään leikkiessään hiuksillani.

Hän sääti paitani olkapäilleni ja tasoitti kätensä edestä rintojeni yli.

Hän suoristi hameeni toisella kädellä takamuksessani ja sai minut tärisemään ja hymyilemään kuin typerys.

"Olet taas edustava."

Hänen äänensä oli hyvin pehmeä.

Ja hänen vino hymynsä ja kirkkaat silmänsä kertoivat, että hänkin luultavasti oli vielä tulossa pois adrenaliinista.

Kun olin varma tasapainostani, hän käänsi jaloillani kantapääni ylös ja osoitti ne oikeaan suuntaan, jotta voisin liu'uttaa kengät takaisin jalkaan.

Poissaolosta juoksin käteni yli vartaloni tissistä perseeseen varmistaakseni, että kaikki tuntui hyvältä, ikään kuin hän ei olisi tehnyt sitä itse.

Sitten käänsin katseeni pöytääni ja rypistin kulmiani.

Ylisuuri laskentataulukkoni oli rypistynyt.

Tietokoneen näytöllä oli sekamelskaa hahmoja, jotka näyttivät vieraalta kieleltä.

Ja nitoja ja kynäsäiliö puuttuivat.

Olin ainakin ollut tarpeeksi älykäs tallentaessani raporttini ennen kuin hän vietteli minut.

Edellä mainitut esineet ilmestyivät yhtäkkiä uudelleen kahden suuren mieskäden ollessa tietokoneeni lähellä.

Se oli se melu, jonka hän oli kuullut aiemmin.

Melkein hidastettuna nostin päätäni ja ymmärsin kuinka hyvin räätälöity liivi sopi hänelle, ennen kuin lukkiuduin hänen tummaan katseeseensa.

Pitkän hetken Robert ja minä katsoimme toisiamme.

Hänen suunkulmansa oli edelleen taipunut.

Huomasin, että pulssi kiihteli edelleen.

Kurottauduttuani sokeasti taakseni, löysin yhden käsinojista ja siirsin tuolin takaisin paikoilleen.

puhui vasta kun nousin istumaan ja käännyin poistaakseni tietokoneella kirjoitetun hölynpölyn.

"Mitä sinä teet, Erika?"

Katsoin pari kertaa edestakaisin hänen ja näytön välillä.

"Keskeytät raporttini loppuun. Se on tiistaiaamuna, enkä vie sitä kotiin tänä viikonloppuna."

Hän veti paidansa hihansuista ja liivinsä päistä ennen kuin istui samaan vierailijatuoliin kuin ennen ja ristisi oikean polvensa vasemman päälle.

"Öh, mitä sinä teet, Robert?"

Hän sääti tavaramerkkinsä solmua niin, että se oli lähempänä hänen kaulaansa, ja sitten puristi kätensä syliinsä.

"Odotan, että saat raporttisi valmiiksi."

Nostin kulmakarvaa.

"Jotta?"

Robert hymyili minulle tyylikkäästi.

" Vie hänet ulos päivälliselle, tietenkin, ennen kuin jatkan tätä mukavammassa ympäristössä takaskannausta varten. Jos se sinua miellyttää, rouva Sanders."

Hyppyin pulssissani ja nykimisen omien huulteni kulmassa palasin monitorini luo.

"Erittäin hyvä, herra Gonzalez. Sinun pitäisi olla täällä noin viidessä minuutissa."

LOPPU

www.ingramcontent.com/pod-product-compliance
Lightning Source LLC
LaVergne TN
LVHW101949220826
846093LV00006B/151

* 9 7 9 8 2 2 3 6 1 9 4 2 0 *